미래수필⑨

김장원 신앙 에세이

내 마음 깊은 곳에서 들리는 은밀한 소리

미래문화사

내 마음 깊은 곳에서 들리는 은밀한 소리

●추천서

청소년은 나라의 꽃

　오늘의 우리 청소년들은 고도 산업사회의 발달에 따른 서구문화의 맹종, 그리고 도덕적 가치관의 혼란과 입시 위주의 획일화된 교육에서 빚어진 메마른 정서로 자신들이 누려 갈 문화를 어둡게 형성하고 있습니다. 많은 청소년들은 대학에 진학하기 위해 타오르는 열정을 오랫동안 억제하며 학창시절을 보내고 있으며, 때로는 꿈과 좌절의 갈등 속에서 끝없이 방황하기도 합니다.

　사실, 우리 기성세대들은 원인을 파악하기에 앞서 그 결과 하나만으로, 오늘의 청소년을 꾸짖으려 드는 성급한 자세는 오히려 역기능을 불러 올 가능성이 많습니다. 세기말적인 사상의 방황과 함께 우리 가정은 그 교육의 기능을 점차 잃어 가고 있으며, 청소년들의 교육을 학교 교육에 의존하게 되었습니다. 그러나 오늘의 청소년 문제는 학교 교육만으로는 감당하기 어려울 만큼 심각한 경지에 이르렀습니다.

　이러한 우리 사회 현상을 바로 잡기 위한 방안으로 학교에서, 그리고 뜻있는 많은 사회 단체들의 외침도 아랑곳없이 자꾸만 어려운 상황으로 빠져 들어가고 있음을 안타깝게 생각합니다.

　다 아시는 바와 같이, 지금 우리는 21세기 정보화 사회라는 대변혁의 시대를 맞고 있으며, 또한 세계는 한 동네와 같은 지구촌

시대가 열리게 되었습니다. 이제 우리 청소년들은 무한 경쟁시대의 국제무대에서 세계의 젊은이들과 어깨를 겨룰 수 있는 능력을 갖추며 자라나야 할 것입니다.

청소년들은 나라의 꽃입니다. 그들은 꿈과 이상을 머금고 자라기 때문입니다. 우리 청소년들이 바르고 긍정적인 생각과 뜻을 가지고 자랄 때 그들 자신은 물론, 나라의 장래는 더욱 밝을 것으로 믿습니다.

오늘날, 우리 청소년들을 둘러싸고 있는 주위 환경은 유해 요소로 가득 차 있다고 해도 지나친 말은 아닐 것입니다. 우리 청소년들이 보고 배울 수 있는 학습의 장이 모두 오염되어 있다는 뜻이기도 합니다.

여기 교육에 평생 몸바쳐 온 김장원 교육위원회 위원님께서 불안한 우리 사회 정서를 안타까워하면서, 주옥 같은 오십여 편의 글을 모아 한 권의 책으로 엮어 내게 되었음은 한 줄기 단비가 아닐 수 없습니다. 메말라 가는 우리 청소년들에게 꿈과 희망을 안겨 줄 수 있는 좋은 책 가운데 하나라고 생각하며 추천의 글로 갈음합니다.

서울특별시 교육감　유 인 종

마음의 문을 열고 빛을 따라서

매년 추수 때가 되면 봄에 심었던 씨앗의 결실을 거두게 됩니다. 성경 갈라디아서 6장 7~8절에,

"스스로 속이지 말라. 하나님은 만홀히 여김을 받지 아니하시나니 사람이 무엇으로 심든지 그대로 거두리라.

자기 육체를 위하여 심는 자는 육체로부터 썩어진 것을 거두고 성령을 위하여 심는 자는 성령으로부터 영생을 거두리라"

고 했습니다.

심고 거둠의 원리는 3가지로 나누어 생각할 수 있습니다.

첫째, 좋은 씨를 심으면 좋은 열매를 거두고 나쁜 씨를 심으면 나쁜 열매를 맺는다는 사실입니다.

둘째, 심지 않고는 거둘 수 없고 심은 것은 원치 않아도 안 거둘 수 없다는 것입니다.

셋째, 적게 심으면 적게 거두고 많이 심으면 많이 거둔다는 불변의 진리를 깨닫게 됩니다.

심는 대로 거둔다는 원리를 어느 누구도 바꿀 수 없습니다.

위 진리의 원리로 우리들의 미래요 기둥인 청소년들을 생각해 봅시다. 청소년 문제는 100% 어른들이 만들고 어른들이 고민하고 있습니다.

사회가 변하면서 청소년 문제도 정보화, 세계화 물결에 따라 다양하게 고도화되고 있습니다. 이에 필자는 회갑을 맞아 추수한 논에서

이삭을 줍지 않는다면 생존에 위협을 느끼는 갈급한 심정으로 선교 2세기에 접어든 미래의 주인공들을 바라보면서 졸작이지만 도움이 될 것임을 믿고 이 책을 내놓게 되었습니다.

'주인이 버리고 간 이삭 중에는 분명히 다음 해 종자가 될 씨앗이 있을 것을 확신하기 때문입니다.'

개방정책과 자율화 이후 사회 저변에는 청소년 문제가 잡초처럼 무섭게 번지고 있습니다. 이제 범국민적 운동으로 청소년이 사회의 죄에 오염되지 않고 온갖 유혹에 빠지지 않도록 어른들이 제도적 장치를 만드는 데 온 힘을 기울여야 하겠습니다.

빛은 어둠을 쫓고 소금은 부패를 방지한다는 평범한 진리를 신앙으로 알고 살아온 필자는 남은 여생을 청소년 선교운동에 미력하나마 최선을 다하겠습니다.

하나님이시여! 이 땅 위에서 성장하고 있는 청소년들이 새로운 꿈을 갖고 희망차게 살아갈 수 있도록 축복하여 주소서.

당시 CBS 방송 프로그램 중 "저 높은 곳을 향하여"에 본인이 보낸 메시지를 듣고 격려와 용기를 주신 애청자 여러분과 김수진 목사님 그리고 임종대 사장님께 감사드립니다.

역삼동 서재에서 저자

차례

김장원 신앙 에세이
내 마음 깊은 곳에서 들리는 은밀한 소리

4 ·········· 추천서 / 청소년은 나라의 꽃·유인종
6 ·········· 책 머리에 / 마음의 문을 열고 빛을 따라서

제1부 말씀으로 만난 소중한 인연

15 ·········· 지혜 있는 자의 삶
19 ·········· 일어나라
23 ·········· 영혼의 승리자
27 ·········· 창조주와의 관계
31 ·········· 인내의 열매
35 ·········· 하나님과 함께 한 사람
39 ·········· 하나님과의 영합
43 ·········· 복 받을 수 있는 사람
46 ·········· 허락하신 기회
51 ·········· 참다운 삶을 살자
55 ·········· 밑거름의 생활
60 ·········· 큰 소망
63 ·········· 위대한 꿈

제2부 젊음은 길게 느껴지지만 인생은 짧다

창조적인 삶 ·········· 71

승리의 십자가 ·········· 75

부활의 그리스도 ·········· 80

십자가의 참뜻 ·········· 84

예수의 마음 ·········· 89

젊음의 미래 ·········· 94

주님이 주신 성공의 열쇠 ·········· 99

기다림에 대한 주님의 약속 ·········· 103

성령의 바람 ·········· 107

천국에서 큰 자 ·········· 111

기뻐하는 삶 ·········· 116

참된 제자 ·········· 120

합심된 기도의 힘 ·········· 124

옥토에 뿌려진 씨 ·········· 127

제3부 믿음 안에서 자기 발견

135 ········ 소명의식

139 ········ 믿음의 열매

143 ········ 지 · 정 · 의 신앙

147 ········ 심은 대로 거두리라

151 ········ 하나님과 나

154 ········ 법의 참된 정신

158 ········ 고난은 하나님의 영광

162 ········ 복음의 위력

165 ········ 제2의 해방

169 ········ 온전한 자유

173 ········ 회개하는 민족

177 ········ 청지기의 생활

181 ········ 전진하라

제4부 하나 된 사랑을 위하여

간절한 기도 ·········· 187

유비무환 ········· 191

그리스도의 향기 ·········· 195

용기를 주시는 주님 ·········· 199

모든 일은 때가 있나이다 ·········· 202

그리스도의 능력 ·········· 207

헤어짐과 만남 ·········· 212

감사하는 생활 ·········· 216

결실의 영광 ·········· 220

베드로의 그림자 ·········· 224

소망을 갖자 ·········· 228

하나 되게 하소서 ·········· 232

이웃과 함께 하는 마음 ·········· 237

제1부

•

말씀으로 만난 소중한 인연

지혜 있는 자의 삶

"그런즉 너희가 어떻게 행할 것을 자세히 주의하여 지혜 없는
자같이 말고 오직 지혜 있는 자같이 하여 세월을 아끼라. 때가
악하니라.
　　그러므로 어리석은 자가 되지 말고 오직 주의 뜻이 무엇인가
이해하라."(에베소서 5 : 15~17)

그리스도께서 말씀하시기를 '때가 악하니라. 그러므로 어리석은
자가 되지 말고 오직 주님의 뜻에 따라 지혜 있는 자같이 세월을
아끼라' 하셨습니다.

지혜란 무엇입니까 ?

지혜란 국어사전에 사물의 이치를 밝게 다스리는 재능이며, 말
의 내용을 깨닫는 재주라고 적고 있습니다.

또한 M. T. 시세로는 '지혜란 무엇을 구할 것인가, 무엇을 피할
것인가에 관한 지식이다'고 했으며, B. 스피노자는 '하나님을 두려
워하는 것이 지혜의 출발이다'고 했습니다.

위의 성경 말씀의 제시와 같이 지혜로운 삶을 살기 위해 내일의
주인공인 청소년들은 무엇을 어떻게 실천해야겠는지 곰곰이 생각

해 봅시다.

첫째, 모든 일을 행함에 있어 지혜가 필수조건임을 명심해야 합니다.

둘째, 모든 일을 서두르지 말고 쉬지도 말며 인내를 가지고 꾸준히 그리스도의 뜻을 좇으며 때를 기다리는 슬기로운 자가 되어야 합니다.

셋째, 하나님께서 '나'라는 인간을 이 세상에 보내 주신 것은 필연코 뜻이 있으므로 그 뜻을 이해하는 데 심혈을 기울여 최선을 다해야 됩니다.

충청남도 안면도에서 있었던 일입니다.

이 섬에는 물이 없어 주민들이 살아가는 데 많은 불편을 느끼고 있었습니다. 그래서 이곳에 거주하는 주민들은 남녀노소 할 것 없이 우물을 파자는 데 의견을 모아 우물을 30자까지 파고 들어갔습니다. 그러나 물이 나오지 않았습니다.

마을 사람들은 물이 나오지 않을 거라는 결론을 내리고 쉽게 포기해 버렸습니다. 그러자 그 동네에 나이 많은 노인이 최후로 다섯 자만 더 파자고 했습니다. 다섯 자를 더 파는 데는 많은 힘이 들었습니다. 그래서 마지막으로 다섯 자를 더 팠더니 물이 쏟아져 나왔습니다.

사랑하는 청소년 여러분! 안면도 젊은이들과 같이 우물을 파다가 물이 나오기 직전에 포기해 버리는 어리석은 사람들이 되지 말고 최후 다섯 자를 더 파는 사람들이 되어 소망하는 일을 인내와 지혜로써 꼭 성취해야겠습니다.

하나님이 인간을 이 세상에 보내실 때에 성장하면서 이루어지는 일들을 맞추어 허락하시는 것입니다.

모든 일은 때가 되지 않으면 이룰 수가 없습니다. 나무의 열매가 아무때나 열리고 익는 것이 아닌 것처럼 말입니다.

그래서 성경 말씀에 '범사에 기한이 있고'라고 했습니다. 이 말씀은 하나님의 때가 된 자는 이룰 것이요, 때가 되지 않은 사람은 때를 기다려야 하는데 인내를 가지고 자기 능력에 맞도록 최선을 다하면서 하나님의 때를 기다리는 사람이 바로 지혜 있는 사람이라는 뜻입니다.

또한 때가 이르렀을 때 지체하지 않고, 쉬지 않고 노력한다면 그 결과는 바로 하나님의 뜻이 여러분을 통해서 틀림없이 이루어질 것입니다.

경기도 이천에는 많은 도자기 공장들이 있습니다.

이 중 한 도자기 공장에서 있었던 일입니다.

주인이 도자기 공장을 운영하면서 기필코 이조자기를 다시 재현시켜 보겠다는 결심을 하고 하나님께 계속 기도하는 마음으로 온 정성을 다해 이조자기를 만들었습니다.

그러나 73번째까지 실패를 거듭했습니다.

주인은 결코 포기하지 않고 무슨 원인일까 하고 고심하던중, 결국에 가서는 그 재료에 고사리를 원료로 한 내용물의 배합에 원인이 있음을 발견하고 다시 시도한 결과 이를 성공시켰습니다.

영국의 시인 G. 스미스의 말대로 '인간의 영광은 한 번도 실패하지 않는 것이 아니라 넘어질 때마다 다시 일어나는 데에 있다'고 했습니다.

또 한 예로 1900년대초 의학계에 큰 공헌을 한 '606호'라는 항생제 주사가 있습니다.

이러한 약명이 붙여지기까지에는 이 주사약을 발명하기 위해서

100번도 아닌 606번이라는 헌신적인 실험의 결과였습니다.

세계의 학계를 경탄케 한 이 '606호' 주사약을 만든 역사적인 사건 또한 인내가 인류에게 생명과 평화를 가져다 준 사건입니다.

라 퐁테에느가 '인내는 모든 문을 연다'고 했듯이 자신이 원하는 도자기를 만드는 데 73번째까지, 그리고 '606호' 항생제 주사액을 발명키 위해 계속 실험하면서 노력한 결과가 이같은 좋은 열매를 맺은 것입니다.

우리 인생의 삶에 있어서도 어쩌면 필연적인 모든 고통에 신념을 가지고 전력을 다해 지혜로운 삶을 살 때, 밝고 희망찬 미래가 기필코 약속되리라 믿습니다.

일어나라

"그러므로 이르시기를 잠자는 자여 깨어서 죽은 자들 가운데
서 일어나라. 그리스도께서 네게 비취시리라 하셨느니라."

(에베소서 5 : 14)

어느 일간 신문에 난 기사를 읽고 대단히 흐뭇했습니다.

그것은 국민학교만 졸업한 어느 전화교환양이 전기대학에 합격
했다는 얘기입니다. 동생들이 다 대학을 졸업하고 직장을 갖게 되
어 독립하게 되자 이제 자신이 공부해야 한다면서 틈틈이 고등학
교 검정시험을 위한 학원을 다녔습니다.

낮에는 교환양으로 전화 안내를 하고, 밤에는 검정고시 공부를
열심히 했습니다. 이 교환양은 노력 끝에 고검에 무난히 합격했고,
다시 대학입학 자격을 얻기 위해 또 학원에 다녔습니다.

'하나님은 스스로 돕는 자를 돕는다'라는 격언이 있듯이 이 교환
양은 대입검정괴 대학입학 학력고사를 거쳐 좋은 성적으로 전기대
학에 입학했습니다.

성경 말씀대로 바로 지금 이 시간이 중요한 것입니다.

무슨 일에 실패했다고 잠을 자버리면 여러분의 그 귀한 젊음은 송두리째 날아가 버립니다.

그래서 B. 러셀은 '한 가지 실패를 자꾸 괴로워하는 것은 그 다음의 일도 실패로 이끄는 원인이 된다. 한 번의 실패는 그것으로 막을 내리는 것이 좋다'고 했습니다.

어린시절을 시골에서 자랐던 사람은 겨울이 되면 연을 만들어 연날리는 일로 겨울을 즐겁게 지낸 기억이 날 것입니다.

하늘 높이 올라간 연이 바람이라도 세게 부는 날이면 연에 달려 있는 실이 끊어져 그만 그 연이 마을 앞에 있는 산을 넘어 망망한 바다로 날아가 버리는 일이 종종 있었습니다.

날아가 버린 그 연은 다시 찾을 길이 없습니다. 아쉬운 마음을 떨쳐 버리고 이튿날 다시 연을 만들어서 뛰어 놀던 어린시절이 생각납니다.

지금 여러분의 삶은 인생의 노정기 중 가장 중요한 시기입니다. 인생의 행로에서 가야 할 길을 성하지 못하고 연처럼 멀리 날아가 버리면 어느 바다 위에 떠다닐지 누가 알겠습니까?

그렇기 때문에 지금 이 순간을 망설임으로 불안하게 맞이해서는 안되는 것입니다.

대학에 진학치 못한 수많은 젊은이들, 자신이 가야 할 길이 여러분들의 눈앞에 펼쳐져 있습니다.

직업전선에 가야 할 사람은 직업인으로서 긍지를 가지고 일을 해야 하고, 또 산업전선에서 일하는 사람도 마찬가지입니다.

특히 고향을 떠나 외지에 나와 있는 청소년들의 부모님은 여러분들이 성공하여 고향으로 돌아오기를 날마다 손꼽아 기다리면서 기도하고 있습니다.

우리 주위에 산업전선에서 활동하면서 훌륭하게 살고 있는 청소년이 얼마나 많습니까. 꼭 대학 진학만의 목표를 고집하시지 말고, 바로 여러분이 몸담고 있는 그 일터가 여러분의 인생 대학임을 깨닫기 바랍니다.

지금 우리 나라는 모든 분야에 있어서 급속히 과학화되어 가고 있습니다.

소위 선진산업을 향해 매진하고 있다는 말입니다.

그런데 국민들의 의식수준이나 청소년의 교양 정도가 첨단과학의 발전만큼의 수준에 미치지 못하고 있습니다.

우리와 가까이에 위치한 일본에 가 보면 흔히 볼 수 있는 것이 있습니다. 그것은 모든 청소년들이 손에 꼭 책을 들고 다니는 모습입니다.

처음에는 자신의 교양을 나타내기 위해서 일부러 가지고 다니는 허식인 줄만 알았습니다.

그런데 전차를 타거나 기차를 타거나 버스를 타고 자리에 앉으면 잡담하는 것이 아니라 손에 들고 다니는 책을 읽는 것입니다.

책을 많이 읽는 사람은 생각하는 것이 다릅니다. 그리스의 철학자 소크라테스는 '다른 사람이 쓴 책을 읽는 데에 시간을 보내는 사람은 타인의 경험에 의해 쉽게 자기를 개선할 수 있다'고 했습니다.

그런데 우리나라의 독서 인구는 과연 어떠한가요? 부끄러울 정도입니다. 우선 대학교 앞에 가 보면 '학사주점'이라는 막걸리점들이 즐비하고, 여자대학가의 길목에는 양장점, 양품점, 화장품 가게 등이 즐비한 것이 사실이지 않습니까?

서점은 한참 찾아봐야 찾을 정도이고, 몇만 명이 되는 대학 앞에 서점에 드나드는 사람은 별로 없고 술집과 다방, 당구장, 또 양장점 등에만 학생들이 우글거립니다.

이런 말이 있습니다.

'10일 살려면 이자놀이를 하는 고리대금업자가 되고, 10년을 살려면 사과나무를 심어 사과 수확을 하라'고 했습니다.

그러나 100년을 살려고 하는 사람은 교육을 시키라고 했습니다.

여러분은 10일을 살기를 원합니까? 아니면 10년을 살기를 원합니까? 아마도 누구나가 100년을 살기를 원할 것입니다.

이러한 국민이 되기 위해서는 우리의 자세가 어떠해야겠습니까?

지금은 자다가 깰 때가 된 것 같습니다. 잠자는 국민이 많은 나라는 망하고, 깨어서 열심히 일하는 국민이 많은 나라는 부강해지는 것입니다.

청소년 여러분들도 하루 빨리 방황의 잠에서 깨어나 하나님 품 안에서 삶의 목표를 설정하고 학업에 매진해야겠습니다.

영혼의 승리자

"저는 시냇가에 심은 나무가 시절을 좇아 과실을 맺으며 그 잎사귀가 마르지 아니함 같으니 그 행사가 다 형통하리로다. 악인은 그렇지 않음이여 오직 바람에 나는 겨와 같도다.
대저 의인의 길은 여호와께서 인정하시나 악인의 길은 망하리로다."(시편 1 : 3~6)

이 시편을 기록한 다윗은 위대한 승리자였습니다.

다윗이 모든 일의 행함에 있어서 늘 승리하게 된 이유는 무엇일까요?

먼저 다윗은 승리의 목표를 하나님의 영광을 위한 것에 두었습니다.

하나님의 섭리를 알고 그 뜻으로 시작하고, 하나님이 주시는 용기와 힘으로 전진해 나아가고 하나님의 영광으로 끝나도록 최선을 다했습니다.

두번째로 다윗은 일상생활 하루하루를 통해서 늘 승리했기에 승리자가 되었던 것입니다.

다윗은 양을 치던 목동시절부터 생명을 걸고 양들을 지켰으며 온갖 못된 짐승들과 싸워 이긴 승리의 경험이 있었습니다.

작은 일에라도 진실했고, 자기의 몸을 바치면서까지 헌신적이었습니다. 주어진 일에 최선을 다했으며 따라서 하는 일마다 승리자가 될 수 있었던 것입니다.

세번째로 다윗은 절대로 남의 힘을 빌리는 일이 없었습니다. 그는 골리앗 대장과의 싸움에서 사무엘상 17장 45절에 '나는 만군의 여호와의 이름 곧 네가 모욕하는 이스라엘 군대의 하나님의 이름으로 네게 가노라'고 하면서 하나님의 능력만을 의지하고 앞으로 나아갔습니다. 그래서 그는 승리할 수 있었습니다.

다윗은 하나님의 첨병으로 일선에서 싸웠습니다.

네번째로 다윗은 혼자 나아갔기 때문에 승리했던 것입니다.

신앙생활은 하나님과 나 개인과의 일대일의 관계입니다.

하나님께서는 인격적으로 나 개인에게 단독회담을 요청하시며 만나 주십니다.

하나님과 내가 만날 때 우리는 참다운 승리자가 될 수 있음을 다윗은 보여주었습니다.

다섯번째로 다윗은 하나님과 함께 하심을 굳게 믿고 나아갔기에 승리자가 될 수 있었던 것입니다. 하나님과 나와의 관계는 종적인 관계입니다. 그러므로 하나님을 믿는 그 믿음만이 승리자가 될 수 있는 기본입니다.

사람들은 누구나 승리하기를 원합니다.

특히 실패의 쓴잔을 마신 준비생들은 더욱 승리에 대한 집념이 강합니다. 그러나 실패는 성공의 어머니가 될 수 있으며 미래의 더 큰 성공을 약속해 주는 전조일 수도 있습니다.

인구가 기하급수적으로 늘어나고 있는 요즈음, 경쟁에서 승리하는 일은 쉬운 일이 아닙니다.

더구나 영혼의 승리자가 되기란 더욱 어려운 일입니다.

본문 말씀을 통해 일회적이고 한시적인 승리가 아닌 영혼의 승리에 대해 승리자인 다윗은 다음과 같이 말하고 있습니다.

'시냇가에 심은 나무가 시절을 좇아 열매를 맺으며.'

이 말씀은 시냇가에 심긴 나무처럼 그리스도께서 내 안에, 내가 그리스도 안에 있을 때 차고 넘치는 영양분의 공급으로 모든 일이 순탄하게 된다는 것입니다.

인간들은 승리하는 삶을 원합니다. 어떻게 하면 승리자가 될 수 있겠습니까?

먼저 탐욕을 버려야 합니다.

나만을 위하고 내 가족만을 위해 내 이웃의 아픔을 저버리고 내 친구의 고통을 잊어버리는 일이 있어서는 안됩니다.

만사를 아전인수 격으로 해석하는 에고이스트적 사고방식은 잘못된 생각입니다.

성경 야고보서 1장 15절에 '욕심이 잉태한즉 죄를 낳고 죄가 장성한즉 사망을 낳는다'는 말씀을 기억하십시오. 죄의 결과는 사망입니다.

다음으로 교만한 마음을 버려야 합니다.

승리자가 되려면 자기 자신을 알고 분수에 맞는 삶을 살아야 됩니다.

돈이 좀 있다고, 명예가 높다고, 권력이 있다고 사람이 사람을 업신여기는 일은 하나님의 뜻을 어기는 일입니다. 인간 대 인간인 사람이 바로 승리하는 삶을 사는 사람입니다.

넓은 아량으로 감싸고 덮어 주는 일은 사랑으로 승리하는 삶입니다.

그런 다음 성경 말씀대로 살아가시면 됩니다.

우리 인간은 육욕의 승리만을 위해 고군분투하는 경우가 너무 많습니다.

인간의 삶이란 빈손으로 왔다가 빈손으로 가는 공수래 공수거(空手來 空手去)에 불과합니다.

초로와 같은 육신이니 어찌 미련을 둘 수가 있겠습니까?

육신의 부모님, 형제, 자매, 선배, 친지의 도움으로부터 벗어나 승리의 생활을 하기 위해서는 하나님의 말씀으로 무장하셔야 합니다.

내 육신과 명예, 권력, 물질에 손해가 되더라도 하나님의 말씀대로라면, 영광을 위한 것이라면 '하겠습니다'라고 외칠 수 있는 다윗과 같은 승리자가 되어 봅시다.

창조주와의 관계

"내가 곧 길이요 진리요 생명이니 나로 말미암지 않고는 아버
지께로 올 자가 없느니라."(요한복음 14 : 6)

청소년 여러분들은 오늘도 각자가 처한 상황 속에서 무엇인가
열심히 일을 했을 것입니다.

그러나 아무리 열심히 해도 만족할 수 없는 공허감을 느끼는 때
가 많습니다.

우리 주위에는 현기증이 날 정도로 많은 사람들이 있습니다. 그
러나 우리는 그들과 진정한 인간관계를 맺지 못한 채 스쳐 지나가
는 인연에 불과합니다.

마틴 부버가 말했던 것처럼 오늘날의 인간관계는 타인을 자신
과 동등한 인격자로서의 'you'로 보는 것이 아니라, 하나의 물질이
나 수치로 전락되고 있음을 보게 됩니다.

이웃집은 있지만 진정한 이웃을 소유하지 못한 개인을 가리켜
'인간소외', '인간상실'이라는 단어로 표현하고 있습니다.

그렇다면 이와 같은 상황 속에서 나의 행동과 노력은 어떤 의미

를 갖고 있는 것일까요?

그것은 한마디로 '나의 행복'을 위해 그와 같이 노력한 것입니다.

인간의 궁극적인 삶의 목표는 '행복'입니다. 그런데 그 행복이 일시적인 것이라면 얼마나 허무하겠습니까? 따라서 변하지 않고 사라지지 않는 행복이란 어떤 것일까요?

그리스의 철학자 플라톤은 '행복은 선(善)을 향함으로써 얻는 것이며, 선의 내용은 영원성에 있다. 그렇기 때문에 우리가 영원히 지닐 수 없는 것에 마음이 이끌려서는 안 된다'고 했습니다.

영원히 사라지지 않는 진정한 행복을 소유해 보고 싶지 않으십니까?

여러분은 길 되시고 진리 되시며 생명이신 하나님께 자신을 내맡겨 하나님과 일대일의 관계를 맺어 보는 것이 어떻겠습니까?

누구나 수영을 처음 배울 때 느꼈을 줄 압니다만, 특히 배영을 처음 배울 때 수면 위에 자신의 몸을 띄우기 위해 물 속으로 빠지지 않으려고 안간힘을 썼던 것을 기억할 것입니다.

그러나 빠지지 않으려고 발버둥을 치면 칠수록 물 속으로 점점 더 가라앉는 모습을 보게 됩니다.

이렇게 하기를 수십번, 나중에는 지쳐서 자신의 힘으로 허우적거리던 것을 포기하고 얇디 얇은 수면에 완전히 몸을 내맡길 때 놀랍게도 몸이 수면에 떠 있게 되는 것을 발견했을 줄 압니다.

그렇습니다. 빠지지 않겠다고 발버둥치는 그 행위가 자신을 더욱 빠지게 하는 행동입니다.

그러므로 내 모습 속에서 나를 발견하고자 하지 말고 하나님과의 관계 속에서 참된 나의 모습을 발견해야 합니다.

창세기 1장 27절에 '하나님이 자기 형상, 곧 하나님의 형상대로 사람을 창조하시되 남자와 여자를 창조하셨다'고 했습니다.

하나님의 거룩한 형상대로 만들어진 나의 모습 속에는 분명코 나에게로 향하신 그리스도의 뜻이 있습니다.

즉 여러분 생활의 모든 사건 속에는 분명코 하나님의 뜻이 깊게 숨겨져 있습니다.

이 뜻을 분별할 줄 아는 자와 그렇지 못한 자와의 사이에는 많은 차이점이 있습니다.

그 뜻을 분별할 줄 아는 자는 로마서 8장 28절에 '우리가 알거니와 하나님을 사랑하는 자, 곧 그 뜻대로 부르심을 입은 자들에게는 모든 것이 합력하여 선(善)을 이루느니라' 했습니다.

위의 말씀처럼, 지금의 고난을 절망 가운데서 어쩔 수 없이 받아들이는 부정적인 입장에서가 아닌, 현재의 고난을 통해서 이루시고자 하는 주님의 뜻을 엄숙하게 맞아들여야 할 것입니다.

그때야 비로소 내가 피조물임을 깨닫게 되고 자신이 죄인임을 고백하게 되며, 또한 자신의 연약함을 시인하지 않을 수 없게 될 것입니다.

또한 나에게로 향하신 주님의 뜻을 분별하게 될 때에 비로소 지금의 나를 있게 하신 하나님께 감사할 줄 아는 감사의 찬송이 울려 나올 것입니다.

로마서 12장 1~2절 말씀에, '그러므로 형제들아 내가 하나님의 모든 자비하심으로 너희를 권하노니 너희 몸을 하나님이 기뻐하시는 거룩한 산제사로 드리라. 이는 너희의 드릴 영적 예배니라. 너희는 이 세대를 본받지 말고 오직 마음을 새롭게 함으로 변화를 받아 하나님의 선하시고 기뻐하시고 온전하신 뜻이 무엇인지 분별하도록 하라'고 하셨습니다.

하나님의 뜻을 분별했을 때, 한 예로 지금 여러분들의 상급학교 진학을 위한 준비는 그 자체로 목표가 되지 아니하고 좀더 큰 하나님의 뜻을 이루기 위한 하나의 과정임을 깨닫게 될 것입니다. 그런 만큼 나에게 주어진 지금 이 순간순간을, 아니 하루하루를 온전히 하나님께 내맡기고 겸허한 마음으로 최선을 다해야 할 것입니다.

좀더 크게는 나의 삶 전체의 첫째 목적을 하나님과의 관계에 두고 하나님을 기쁘게 하고 영화롭게 해드리는 참된 삶을 살아야 할 것입니다.

인내의 열매

> "일의 끝이 시작보다 낫고 참는 마음이 교만한 마음보다 나으
> 니 급한 마음으로 노를 발하지 말라. 노는 우매자의 품에 머무름
> 이니라.
> 옛날이 오늘보다 나은 것이 어찜이냐 하지 말라. 이렇게 묻는
> 것이 지혜가 아니니라.
> 지혜는 유업같이 아름답고 햇빛을 보는 자에게 유익하도다."
>
> (전도서 7 : 8~11)

'인내는 쓰고 그 열매는 달다'라는 격언이 있습니다. 또 백범 김구 선생께서도 '백인(白忍)'이라고 하시면서 모든 일은 참는 자의 소유가 된다고 하셨습니다.

지금 여러분들은 인내하면서 자기 진로를 설정할 때입니다.

자신의 문제를 가능하면 그 동안 지도해 주신 선생님이나 부모·형제들과 의논해서 잘 선택해야 합니다. 시작이 반이라는 생각과 냉철한 이성으로 차분하게 인내하면서 자신에게 스스로 반문해 보고 행동으로 옮겨야 합니다.

우리가 학교를 졸업한다는 의미는 한 단계 차원을 높여 새로운 분야로 들어가는 것을 의미합니다.

새로운 곳으로 들어간다는 것은 자기 발전을 뜻하는 것입니다. 그리고 이 새로운 곳에서는 과거에 있었던 일들을 반복하라는 의미가 아니라, 모든 것을 지난 일에 기초를 두고 창의적이고 창조적인 사고로 자기성장을 가져오도록 인내하고 노력하라는 것입니다.

식물로 말하자면 그해 마디를 만들고 새롭게 성장하는 것과 같습니다.

그러면 극기의 자세를 어떻게 정립하는 것이 좋을까요?

그것은 먼저 순종하며 그리스도를 내 마음에 모셔들이는 일입니다.

성경 히브리서 10장 36절에 '너희에게 인내가 필요함은 너희가 하나님의 뜻을 행한 후에 약속을 받기 위함이다'라는 말씀대로 하나님의 뜻에 순종함이 만사를 이루는 길임을 보여주셨습니다.

시편 40편 8절에 '나의 하나님이여 주의 뜻을 행하기를 즐기오니 주의 법이 나의 심중에 있나이다'라는 말씀 역시 주님의 뜻을 따르는 것은 마음 속의 법이 주님의 법으로 반서이 되어야 함을 말해 주고 있습니다.

인내를 가지고 하나님의 뜻을 순종하며 모든 일을 행하는 사람은 자신이 그것을 실행한 후에는 자연히 자신을 위한 약속을 받을 수 있다고 말하고 있습니다.

청소년 여러분들은 분명히 순종하는 자세로 모든 일을 행하고 이루어야 함을 명심해야 합니다.

다음으로 기도로써 인내력을 키워야 됩니다.

로마서 12장 12절 말씀에 '소망중에 즐거워하며 환난중에 참으며 기도에 항상 힘쓰며'라고 하신 것도 바로 기도가 인간의 능력을 초능력으로 만들어 줄 수 있음을 말해 주고 있습니다.

청소년 시절이란 봄과 여름 사이라고 말할 수 있습니다. 녹음방초 우거지고 꽃이 아름답게 피어 알찬 열매를 약속하는 호시절 좋은 시기입니다.

이렇게 소중한 때를 보잘것없고 다시는 돌아올 수 없는 수렁의 길로 들어가서는 안될 것입니다.

어느 철인(哲人)은 절망의 추운 겨울을 이겨내고 새로운 봄을 맞이하여 새롭게 피어나는 생명을 바라보면 서서히 희망과 소망으로 변화된다고 말했습니다.

누가복음 21장 19절 말씀에 '너희의 인내로 너희 영혼을 얻으리라' 하신 말씀도 인내가 얼마나 중요한 것인가를 말해 주고 있습니다.

우리 주변에는 너무나 많은 문제들로 산재되어 있습니다. 우리는 현실의 문제를 절대로 포기하지 않고 끝까지 인내를 가지고 해결해야 합니다.

그리고 기도해야 합니다. 소크라테스가 '인생의 시초는 곤란이다. 그러나 성실한 마음으로 물리칠 수 없는 곤란은 거의 없다'고 했듯이 나의 인생 전체의 문제를 간절히 간구하고 매달려 고난의 길을 빛나고 영광된 길로 변화시켜 주신 사랑하는 그리스도의 도우심을 구해야 합니다.

그 다음으로 현재의 위치에서 최선을 다해야 합니다.

야고보서 1장 4절 말씀에 '인내를 온전히 이루라. 이는 너희로 온전하고 구비하여 조금도 부족함이 없게 하려 함이라' 하신 말씀도 백번 참고 행한 자는 틀림없이 이루어 주신다는 약속을 말해 주고 있습니다.

만사에 소극적이고 부정적이고 그릇된 생각은 마귀가 장난질을 하는 못된 생각입니다.

인간은 누구나 가능성 속에서 살아갑니다. 사물을 어떻게 보고 행하는가와 어떤 방향으로 가느냐가 중요한 것입니다.

환난중에 즐거움을 주시는 하나님이시고 시험중에 도우심을 주시는 하나님이시라는 것을 믿으시기 바랍니다.

야고보서 1장 2~4절 말씀에 '내 형제들아 너희가 여러 가지 시험을 만나거든 온전히 기쁘게 여기라. 이는 너희 믿음의 시련이 인내를 만들어 내는 줄 너희가 앎이라' 하셨습니다.

이는 하나님께서 가장 사랑하는 사람에게 먼저 고난과 어려움과 시험을 주시고 이를 어떻게 극기하는가를 보신 다음 온전함을 허락하신다는 것을 보여주신 것입니다.

폭풍우가 몰려올 때는 많은 어려움을 당하지만 이 폭풍우가 지나가고 햇빛이 비칠 때는 언제 그랬느냐는 듯이 조용하고 평온함을 우리들은 잘 알고 있습니다.

비 온 뒤의 땅이 굳어지는 것같이 현재의 조그만 고통이 미래에 큰 희망과 소망을 낳을 수 있는 기초가 됨을 확신하시고 인내의 열매를 수확하기 위해 계속 전진하시기 바랍니다.

하나님과 함께 한 사람

"내 말과 내 전도함이 지혜의 권하는 말로 하지 아니하고 다만 성령의 나타남과 능력으로 하여 너의 믿음이 사람의 지혜에 있지 아니하고 다만 하나님의 능력에 있게 하려 하였노라. 그러나 우리가 온전한 자들 중에서 지혜를 말하노니 이는 이 세상의 지혜가 아니요, 또 이 세상의 없어질 관원의 지혜도 아니요, 오직 비밀한 가운데 있는 하나님의 지혜를 말하는 것이니 곧 감취었던 것인데 하나님이 우리의 영광을 위하사 만세전에 미리 정하신 것이라."(고린도전서 2 : 4~7)

로마의 한 시인이 '슬기로운 자는 미래를 현재인 양 대비한다'고 했듯이 청소년 시기는 두 가지 의미에서 준비하는 인생의 시기라고 할 수 있습니다.

첫째는 인생의 미래를 설계하고 준비하는 다음 세대의 주인공으로서의 준비생이 되는 것입니다.

둘째는 학력(學歷)과 학력(學力)을 준비하고 머리를 넓혀 가고 있기 때문에 준비생이 되는 것입니다.

미국의 더글러스 맥아더(Douglas Mac Arthur) 장군은 웨스트 포인트 사관학교를 수석으로 졸업하고 제1, 2차 세계대전에서 혁혁

한 공로를 세워 미국민이 존경하는 장군이 되었습니다.

한국전쟁(6·25동란) 당시 적의 허를 찌름으로써 전세를 하루 아침에 뒤바꾸어 놓았던 지장이며 용장으로 탁월한 능력을 발휘했던 분이기도 합니다.

맥아더 장군은 압록강을 넘어 만주땅을 점령하려고 했으나 전쟁이 더 이상 확대되어서는 안된다는 트루만 대통령의 명령에 의해 저지되고 말았습니다. 맥아더는 그 일로 인해 결국엔 유엔군 총사령관이라는 직위에서 하차하지 않을 수 없게 되었습니다.

그때 그는 미의회에서 '신의 지시에 따라 자기의 임무를 완수해 온 한 사람의 노병으로서 죽지 않고 사라져 간다'란 연설을 했는데 지금도 유명한 명언으로 남아 있습니다.

그러나 좋은 가문과 명석한 두뇌가 맥아더를 그토록 유명한 장군으로 만든 것은 결코 아닙니다.

그는 하나님의 전지전능하심과 자신의 나약함을 철저하게 깨달은 신앙인이었고 바로 그 신앙이 그를 군인 중의 군인으로 장군 중의 장군으로 키워 주었던 것입니다.

그가 세속의 인기나 명예에 집착하지 않고 언제든지 하나님의 명령에 복종하려 했다는 것은 그가 해임되었을 때 알려졌습니다.

그런데 중요한 것은 그가 해임을 전혀 고통스러워하지 않고 오히려 흔쾌히 받아들였다는 것을 알 수 있습니다.

미국 의회에서 그는 '신의 지시에 따라' 물러간다고 분명히 밝혔던 것입니다.

한 사람의 투철한 신앙인으로서 그가 남긴 '아들을 위한 기도문'은 지금도 수많은 신앙인들의 마음의 지주가 되고 있습니다.

그 일부를 소개하면 '정직한 패배에 부끄러워하지 않고 태연하며 승리에 겸손하고 온유할 수 있는 사람이 되게 하소서…….

그리고 참으로 위대한 것은 소박한 데 있다는 것과, 참된 힘은 너그러움에 있다는 것을 항상 명심하도록 하소서'라는 내용을 보아도 맥아더의 신앙심이 얼마나 뿌리 깊이 내려져 있는가를 알고도 남습니다. 맥아더 장군의 모든 힘의 원천은 오직 믿음에서 우러나온 것이었습니다.

하나님과 함께 생각하고 행함으로써 늘 승리한 것을 청소년 여러분이 본받을 수 있는 기회가 되었으면 합니다.

에베소 1장 9절에 '그 뜻의 비밀을 우리에게 알리셨으니 곧 그 기쁘심을 따라 그리스도 안에서 때가 찬 경륜을 위하여 예정하신 것이니' 하신 내용과 에베소 3장 16∼17절에 '그 영광의 풍성을 따라 그의 성령으로 말미암아 너희 속사람을 능력으로 강건하게 하옵시며 믿음으로 말미암아 그리스도께서 너희 마음에 계시게 하옵시고 너희가 사랑 가운데서 뿌리가 박히고 터가 굳어져서' 하신 말씀을 볼 때 믿고 섬기는 일이 얼마나 중요한가를 명백히 보여주고 계십니다.

또한 우리는 맥아더 장군의 명철한 두뇌가 바로 주님의 능력에 의해서 나타남을 알 수 있습니다.

지금 여러분은 각자의 상황에서 속히 결단을 내려야 할 시기입니다.

성경에 '너희 믿음이 사람의 지혜에 있지 아니하고 다만 하나님의 능력에 있다'고 한 점이나 '이 세상 사람들이 말하는 완성된 인간의 지혜는 모두 부질없는 것이고 오직 비밀한 가운데 있는 하나님의 지혜를 말하는 것이라'고 하셨고, '이는 만세전에 미리 정하신 것이라'고 하셨습니다.

청소년 여러분은 준비생의 입장으로 마음속에 밝은 신앙을 가지고 미래에 승계될 지도자의 소질을 하나하나씩 계발하고 창조해서 위대한 인간으로 성장해야 합니다. 그리고 세계 속의 한국인으로서 자신을 가다듬어야 할 것입니다.

인간은 처음부터 만들어져 있는 것이 아니라 자기 자신이 스스로 만들어 나가는 것입니다. 그리고 동물과 달리 나면서 바로 걷거나 뛰어다닐 수가 없습니다. 유년기에는 돌봐주어야 하는 미완성한 인격체입니다. 그리고 청소년기에 접어듭니다. 따라서 아직 완성되지 못한 부분을 채워야 하는 시기입니다.

인간은 보편적인 가치를 수용하고 자신의 믿음과 신앙의 윤리관을 선택함으로써 자신을 만들어 나가는 것입니다.

이 보편적인 가치와 믿음을 가지고 나를 인지하고 내가 사회와 국가와 세계를 위해 어떻게 살 것인가를 생각하는 일이 곧 자유를 함유하고 나를 공유하는 것이라고 생각합니다.

창조적인 청소년이란 이러한 자유를 가진 자, 즉 자기 자신을 소유하고 자신을 사회와 공유한 자일 것입니다.

스스로 자신의 마음을 느끼고 자신의 머리로 생각해서 보편적인 진리를 인지하고 하나님의 말씀에 기초한 윤리관을 선택해 스스로를 극기하는 자만이 맥아더와 같이 인생을 소신껏 살아갈 수 있는 사람입니다.

자기 자신이 준비생이라 해서 낙심하지 말고, 평범한 존재라고 해서 실망하지 말며, 오로지 그리스도 안에서 자기 자신을 소유할 때 위대해지는 것입니다.

다시 말하면, 한 인간이 이 세상을 살아갈 때 하나님과 함께 하는 삶을 산다면 진실로 위대한 사람이 될 것입니다.

하나님과의 영합

"저희는 잠시 자기의 뜻대로 우리를 징계하였거니와 오직 하
나님은 우리의 유익을 위하여 그의 거룩하심에 참예케 하시느니
라."(히브리서 12 : 10)

미국인 찰스 E. 코만 부인이 쓴 글의 일부를 소개하면 다음과
같습니다.

서점 주인이 나에게 한 소녀에 대한 이야기를 들려준 일이 있습니다.

그 소녀는 성미가 거칠고 고집이 세서 언제나 제멋대로 행동하는 데 익
숙해져 있었습니다.

그런데 어느 날 그녀를 불구자로 만드는 무서운 사고를 당하게 되었습
니다.

그녀는 반항을 하고 불평불만으로 가득 차게 되었는데 교회의 목사가
이 아가씨를 방문했습니다. 그는 등산가로 꽤 알려진 사람이었습니다.

그 목사는 소녀에게 계곡에 관한 이야기를 들려 주었습니다.

처음에는 그저 평평하고 넓은 초원이었지요. 어느 날 그 초원의 주인이
풀만 무성히 나 있는 넓은 잔디 위를 걸으면서 그 초원에게 물었답니다.

"너희 꽃들은 어디에 있느냐?"

그랬더니 그 초원이,

"주인님, 제겐 씨가 없어요."

하였답니다.

그래서 그는 새들에게 말을 했지요. 새들은 온갖 종류의 꽃씨를 물어다가 멀리 넓게 뿌렸습니다.

얼마 안 가서 그 초원에는 장미, 해바라기 등 많은 꽃들이 여름 내내 피고 있었습니다.

주인이 와 보고 대단히 기뻐했습니다. 그러나 그가 아주 좋아하는 꽃들이 없어서 섭섭했습니다.

그래서 그는 그 초원에게 물었지요.

"패랭이꽃, 앉은뱅이꽃 그리고 고사리와 버섯 들은 어디에 있느냐?"

다시 그는 새에게 말했습니다. 새들은 다시 씨를 물어다 뿌렸습니다. 그러나 역시 가장 사랑할 만한 꽃을 찾아낼 수가 없었습니다.

"내가 가장 귀여워하는 꽃들은 어디 있느냐?"

그 초원은 슬프게 외쳤습니다.

"오 주인님, 저는 꽃들을 간직할 수가 없어요. 바람이 무섭게 몰아치기 때문이죠. 그리고 해는 내 가슴을 내리치고요. 그래서 꽃들이 시들고 날아가 버리곤 해요."

그래서 주인은 번개에게 말했지요. 번개는 단번에 그 초원의 심장을 쳤지요. 초원은 매를 맞고 신음을 하게 되었습니다.

여러 날 검고 둘쑥날쑥하고 갈라져 틈이 나는 상처로 심하게 신음을 했습니다.

그러나 갈라진 틈에서 물이 나왔습니다. 그래서 좋은 흙을 옮겨다 주었지요. 그리고 새들은 씨를 물어다가 그 계곡에 뿌렸어요.

오랜 세월이 흐른 후에 저 거치른 바위는 부드러운 이끼와 덩굴에 감겨지게 되었어요. 그리고 모든 구석엔 패랭이꽃들과 앉은뱅이꽃들과 거대한 느릅나무가 햇빛을 받아 무성히 자라났습니다.

그들의 발밑에는 삼목제와 수지나무들이 떼를 지어 자라고 있었고 여기 저기에 아네모네, 은행나무 들이 자라고 꽃이 피게 되었지요. 그래서 그 계곡은 주인의 휴식과 화평과 기쁨의 장소가 되었답니다.

그 목사님은 그 아가씨에게 다음과 같이 말했습니다.

"내가 꽃이라고 말한 그 과실은 사랑과 기쁨, 평화, 인내, 온화함이지요. 그리고 이들은 그 계곡에서만 자라지요."

"어느 것이 계곡의 꽃입니까?"

라고 소녀는 물었습니다. 목사님이 대답했습니다.

"온화함, 겸손함, 인내이지요. 넓은 곳에서 피는 다른 사람의 사랑과 기쁨과 평화를 생각해 보십시오. 이 계곡의 것들처럼 그렇게 풍성하고 그렇게 달콤한 향내가 나지 않을 겁니다."

얼마 동안 소녀는 말없이 조용히 누워 있었습니다. 그리고는 생각에 잠겨 있다가 입술이 떨리며,

"내 계곡에는 꽃이 없어요. 울퉁불퉁한 바위뿐인 걸요."

하고 말하는 것이었습니다.

"아가씨, 어느 날인가 꽃이 필 겁니다. 하나님께서 보시게 되고 우리도 또한 알게 될 겁니다."

우리는 이 글 속에서 무엇을 발견할 수 있을까요?

비록 지금은 울퉁불퉁한 바위만 있는 계곡을 소유하고 있을지라도 자신의 노력 여하에 따라 그 계곡의 모습이 판이하게 달라질 것입니다. 어느 작가가 '인생은 그가 노력한 만큼 하늘로부터 그 몫을 받게 되어 있다'고 했듯이 구하려고 애쓰는 자에게는 반드시 그 대가가 주어지게 마련입니다.

온통 갈라져 있는 각자의 모습 속에 하나님께서 원하시는 뜻이

있습니다. 하나님의 뜻은 단순히 견디는 것이나 선택하는 것에만 머물러 있는 것이 아닙니다. 말할 수 없는 기쁨과 영광으로 가득 찬 생활 안에서 즐거워할 때 비로소 바위로만 가득했던 그 계곡에서 샘물의 합창 소리와 꽃의 향기를 느낄 수 있습니다.

가장 아름다운 알프스의 꽃이 가장 험하고 거친 산꼭대기에서 피고, 가장 고상한 시련이 가장 깊은 고통의 결과였음을 잘 알고 있습니다.

하나님은 청소년 여러분의 귀한 축복을 위해 여러분들을 지금 훈련시키고 계십니다. 그리하여 정하신 때에 여러분의 일에 맞게 일어서게 하십니다.

나사렛 예수께서도 30여 년을 기다리시면서 일을 시작하시기 전에 지혜를 기르셨고, 이스라엘 백성들을 애굽에서 가나안으로 인도한 모세 역시 40여 년을 기다렸습니다.

하나님의 손에서 내일을 훔치지는 마십시오. 하나님께 우리의 유익을 위해 거룩함에 참여케 하시도록 그의 인도를 받으십시오.

그러면 하나님과의 영합으로 사랑과 기쁨, 평화와 인내, 온화함의 아름다운 꽃들을 여러분의 생활 가운데 피우게 될 것입니다.

복받을 수 있는 사람

"복 있는 사람은 악인의 꾀를 좇지 아니하며 죄인의 길에 서
지 아니하며 오만한 자의 자리에 앉지 아니하고 오직 여호와의
율법을 즐거워하며 그 율법을 주야로 묵상하는 자로다.
　저는 시냇가에 심은 나무가 시절을 좇아 과실을 맺으며 그 잎
사귀가 마르지 아니함 같으니 그 행사가 다 형통하리로다."

(시편 1 : 1~3)

얼마 전 전국에 있는 고등학교에서 졸업식을 가졌습니다.

개중에는 대학에 진학한 사람, 또 대학에 진학하고자 했지만 실
력과 배짱이 없어서 실패하고 1년을 어떻게 지낼까 하고 고민하는
사람, 그리고 직업전선이나 산업전선으로 일자리를 찾아 열심히
일하고 있는 사람 등 각양각색일 것입니다.

그런데 여러분에게 꼭 들려 주고 싶은 얘기가 있습니다. 취업도
못하고, 또 진학하지 못해 실의에 빠진 청소년들에게 당부하고 싶
습니다.

지금 당장 일자리가 없다고 실의에 빠질 필요는 없습니다. 배우
지 못하고 일자리가 없다고 자신의 삶을 포기해 버린다면 그 이상

슬픈 비극이 어디에 있겠습니까.

얼마 전 텔레비전에 〈청소년 추적〉이라는 방송을 시청하면서 청소년들이 얼마나 무서운 범죄를 자행하고 있는가를 심각하게 느꼈을 것입니다.

구약 성경 시편 저자는 '어떤 사람이 복받을 수 있는 사람일까?'를 본문 말씀을 통해 분명히 말해 주고 있습니다.

돈 많은 사람, 대학을 졸업한 사람, 높은 지위에 있는 사람이 아니라는 사실입니다.

그렇다면 진정 복받을 수 있는 사람은 어떤 사람일까요?

청소년 여러분들께서 한번 깊이 생각해 보시기 바랍니다.

여러분들은 미국의 16대 대통령으로 흑인 해방을 이룩한 아브라함 링컨을 기억하실 것입니다. 그는 너무 가난하여 국민학교도 졸업할 수 없는 집안에서 태어났다고 합니다. 다른 사람들은 성경책을 구입해서 읽고 있었지만 링컨은 성경책도 사 볼 여유가 없었던 것입니다.

그래서 가까이 살고 있는 친구 집에 가서 성경을 빌려 보았다고 합니다. 낮에는 밭에 나가 일하고 저녁 시간을 이용하여 성경을 보다가 너무 피곤해 잠에 쓰러지곤 했습니다.

그러던 어느 날 밤 비가 내렸는데, 비가 내리는 줄도 모르고 곤하게 자다가 그만 그 성경책을 온통 비에 젖게 하고 말았습니다.

그래서 비에 젖은 성경책을 친구에게 그대로 돌려줄 수가 없어서 대신 그 집에 가서 성경 책값만큼 일을 해줌으로써 드디어 자신의 성경책을 소유하게 되었습니다.

링컨은 학교에는 못 갔지만 그 대신 열심히 성경책을 읽었습니다.

성경책은 그에게 더없는 용기를 주었으며, 그는 성경책을 보면서 성장했고, 종래는 미국의 역대 대통령 가운데 가장 훌륭한 대통령이 되었습니다.

성경 말씀에 '율법을 주야로 묵상하는 사람이 진정 복받을 수 있는 사람이라'고 했습니다.

주야는 낮과 밤을 말합니다. 낮은 활동하기 좋은 시간입니다. 그러나 밤은 활동하기 좋지 않습니다.

비유로 밤은 우리가 낙심할 때입니다. 그리고 좌절과 실의에 빠져 있는 상태를 말합니다.

즉 입시에 실패했거나 또 고등학교를 졸업했지만 일자리가 없어서 날마다 무의미하게 시간을 보내고 있는 사람을 말합니다.

청소년 여러분! 낙심하지 맙시다. 젊어서의 고생은 사서도 한다고 했습니다. 지금 여러분의 좌절이 밑거름으로 변하여 용기를 갖게 하고 끝내는 이 세상을 승리로 살아갈 수 있게 할 것입니다.

이런 사람이 바로 복받은 사람이지 않겠습니까?

성경 말씀을 묵상하는 사람, 그 말씀을 날마다 읽고 사는 사람은 시냇가에 심은 나무와 같이 항상 주렁주렁 열매를 맺을 수 있습니다. 이러한 삶을 사는 사람만이 삶에 성공할 수 있는 복받은 사람입니다.

사랑하는 청소년 여러분! 이제라도 성경 말씀을 읽고 힘을 얻어 삶에 자신감을 갖고 한 번밖에 없는 귀중한 삶에 성공하기 바랍니다.

말씀을 읽는 사람에게는 무슨 일을 해도 형통한다고 했습니다. 형통이란 말은 장애가 없다는 의미입니다.

끝으로 여러분의 삶이 날마다 성경 말씀처럼 풍성하기를 기원합니다.

허락하신 기회

"내가 주 안에서 크게 기뻐함은 너희가 나를 생각하던 것이 이제 다시 싹이 남이니 너희가 또한 이를 위하여 생각은 하였으나 기회가 없었느니라. 내가 궁핍하므로 말하는 것이 아니라 어떠한 형편에든지 내가 자족하기 배웠노니 내가 비천에 처할 줄도 알고 풍부에 처할 줄도 알아 모든 일에 배부르며 배고픔과 풍부와 궁핍에도 일체의 비결을 배웠노라.

내게 능력 주시는 자 안에서 내가 모든 것을 할 수 있느니라. 그러나 너희가 내 괴로움에 함께 참예하였으니 잘 하였도다."

(빌립보서 4 : 10~14)

철학자 파스칼이 '사람은 생각하는 갈대'라고 했습니다.

연약한 갈대이면서도 특별한 사고의 기능이 있기에 인간은 만물의 영장이고 위대한 존재인 것입니다.

만일 우리 인간이 생각, 즉 사고하는 기능을 상실한다면 단지 동물에 불과할 것이며 만물의 찌꺼기에 불과할 것입니다.

성경 시편 45편 10절 말씀을 보면 '딸이여 듣고 생각하고 귀를 기울일지어다'라고 했습니다.

우리가 살고 있는 현대를 생각해 봅시다.

현대 생활은 편리해졌어도 편안치 못한 생활, 빠르게 다녀도 시원치 않은 마음, 이것저것 가져 봐도 허전하고 재미없는 나날, 어울려 살아도 사라지지 않는 고독감뿐입니다. 그래서 토인비가 '우리가 알고 있는 어떠한 문명도 아직 문명의 목적지에 도달해 본 적이 없다'고 했던 것입니다.

지금 세계 곳곳에서는 끊임없이 분쟁이 일어나고 있고, 인구는 폭발적으로 팽창되고, 공기는 오염되어 썩어 가고 있고, 도덕과 윤리는 고삐가 풀어져 있으며, 강자는 약자를 이유없이 멸시하는 일들을 흔히 보게 됩니다.

우주시대에 살면서 편리한 컴퓨터는 인간들의 생활을 더욱 편리하게 만들어 주고 있을 뿐 아니라, 물질 문명의 혜택으로 풍요함을 제공하고 있습니다. 그러나 솔직히 말해 행복하지는 않습니다.

지금 우리에게 없는 것, 우리가 가지지 못한 것은 무엇입니까?

원하는 상급학교 진학입니까? 아니면 돈입니까? 권력입니까?

빌립보서 4장에 있는 말씀을 묵상하면서 나의 인생 행로를 말씀으로 바로잡아 봅시다.

첫째, 내게 능력 주시는 자 안에서 모든 것을 할 수 있다고 생각한 사도 바울의 마음입니다.

콜롬부스가 미국이라는 대륙을 발견하기 위해 항해했을 때 수많은 고통과 부정적 생각으로 많은 어려움이 있었습니다.

프리머스 항구에 도착했을 때가 11월이었습니다.

그는 혹독한 추위와 싸워야 했고 또 인디언의 기습을 받아야 했습니다. 그리고 굶어 죽어가는 동료의 모습을 지켜봐야 했습니다.

배 창고에 봄에 뿌릴 씨종자가 있었지만 그것을 줄 수는 없었습니다.

그는 눈을 감고 풍랑이 밀려오는 바다 한가운데서 가졌던 생각을 떠올렸습니다.

육지가 반드시 있을 것이라는 확실한 신념으로 숱한 어려움을 물리치고 아메리카 대륙을 발견한 것입니다. 이와 같이 사도 바울도 '할 수 있다'란 긍정적인 생각을 가졌습니다.

'할 수 없다'라는 부정적인 생각을 가진 사람들은 일생 동안 아무것도 할 수 없는 사람이 되고 맙니다.

참으로 비참한 것은 우리에게 닥친 현실이 아니라 불행한 현실을 더욱 불행하게 만드는 부정적인 생각입니다.

부정적인 생각은 인간을 무기력하게 만들고 무가치하게 만듭니다. 하나님께서도 부정적인 생각을 가진 인간을 불러 사용하지 않습니다.

출애굽기 14장 16절에 '주님께서 모세에게 이르시되 너는 지팡이를 들고 손을 바다 위로 내밀어 바다를 갈라지게 하라 하시니 모세가 바다 위로 손을 내어밀므로 바다가 갈라진지라' 했습니다.

이는 모세의 절대적이고 긍정적인 신앙의 결과라고 볼 수 있습니다.

흔히 보통 사람들은 일을 시작할 때 재물이 있을 때는 할 수 있고 재물이 없으면 아무것도 할 수 없다고 생각하는 사람들이 많습니다. 이런 사람들은 재물이 풍성해지면 오히려 마음이 교만해지고 욕심이 더 생겨 다른 일을 하지 않게 됩니다. 그러므로 재물이 많다고 해서 꼭 많은 일을 하는 것은 아닙니다.

둘째로, 가난한 중에도 감사할 줄 아는 사람이 부유한 중에도 감사할 줄 압니다. 고난중에도 믿음으로 살 줄 아는 사람이라야 풍족한 생활중에서도 교만하지 않고 믿음으로 살아갈 수 있습니다.

사도 바울은 '내가 비천에 처할 줄도 알고 풍부에 처할 줄도 알아, 배부름과 배고픔, 풍부와 궁핍의 일체의 비결을 배웠노라'고 하면서 '내게 능력 주시는 자 안에서 내가 모든 것을 할 수 있느니라'고 했습니다.

궁핍해도 불만을 갖지 않고 풍부해도 교만한 마음을 갖지 않는 긍정적인 생각과 겸허한 태도로 매사에 임하는 사도 바울의 마음이야말로 오늘을 사는 우리들에게 위대한 교훈과 빛이 아닐 수 없습니다.

셋째로, 적극적으로 자기 앞에 다가오는 기회를 포착하는 마음을 가져야 합니다. 사도 바울은 '내가 주 안에서 크게 기뻐함은 너희가 나를 생각하던 것이 이제 다시 싹이 남이니 너희가 또한 나를 위하여 생각은 했으나 기회가 없음이니라' 했습니다.

주전 4세기 어느 날 헬라의 한 도시에 커다란 동상 하나가 세워졌습니다. 그런데 그 동상을 얼핏 보면 천사와도 같으나 자세히 보면 날개가 발에 붙어 있고, 머리털은 앞에만 있을 뿐 뒤는 까까중인 동상이었습니다.

이 동상 밑에는 헬라어로 글자가 새겨져 있는데 다음과 같았습니다.

"누가 그대를 만들었는가?"

"뤼십포스(Lysippos)가 나를 만들었다."

"그대 이름은 무엇인가?"

"내 이름은 기회라고 한다."

"왜 날개가 발에 붙어 있는가?"

"땅 위를 잽싸게 날아갈 수 있기 위해서다."

"왜 앞 머리카락이 그렇게 긴가?"

"내가 올 때 사람들이 날 붙잡을 수 있게 하기 위해서다."

"왜 뒷머리는 까까중인가?"

"내가 떠나고 나면 아무도 붙들지 못하게 하기 위해서다."

이상과 같은 글이 새겨져 있다고 합니다.

'기회'라고 하는 것은 자기 앞에 당도했을 때에 붙잡아야지 스치고 지나가 버린 후에는 붙잡을 수 없는 것입니다. '현명한 사람은 기회를 행복으로 바꾼다'는 말을 볼 때 기회 포착이 얼마나 중요한가를 알 수 있습니다.

성경 빌립보서 4장 10절에 '또한 이를 위하여 생각은 했으나 기회가 없었느니라' 했습니다. 즉 기회가 좀처럼 오지를 않았다는 말입니다. 그런데 '내가 주 안에서 크게 기뻐함은 너희가 나를 생각하던 것이 이제 싹이 나게 된 것이다'라고 했습니다.

이는 그리스도께서 바울을 생각하던 마음이 얼마 동안 중단되었다가 또다시 계속되었음을 뜻하는 것입니다.

사실 생각과 기회를 인생과 연관지어 볼 때 생각도 없이, 계획도 없이 살아가는 인생이 있습니다.

또 생각만 가졌을 뿐 실천할 기회를 상실한 인생이 있습니다.

다음으로 인생을 자기가 생각하던 바를 유감없이 실천하는 사람으로 나누어 볼 수 있습니다.

청소년 여러분들은 어느 쪽을 택하시렵니까?

주어진 현재의 이 시간을 그리스도께서 허락하신 기회라고 생각할 때 이를 놓칠 수는 없을 것입니다. 기필코 잡아 승리자가 되는 생활을 하시기 바랍니다.

참다운 삶을 살자

"자기 목숨을 얻는 자는 잃을 것이요, 나를 위하여 자기 목숨을 잃는 자는 얻으리라."(마태복음 10 : 39)

만물이 소생하고 긴 동면에서 깨어나는 희망찬 3월입니다.

특히 우리 민족에게 있어서 3월 1일은 영원히 잊지 못할 날입니다. 1년에 한 번씩 맞이하는 이날, 우리들은 선조들의 얼을 가슴 깊이 새기고 당시의 이 민족의 설움을 회상해 보며 후손 된 자로서 선열들의 뜻을 바로 받들어야겠습니다.

그리고 부끄럼 없이 나라의 장래를 위해 선열들이 흘린 피의 참 대가를 백분 살려 나가 이 민족과 나라를 선진국으로 만들어 가는 데 몸과 마음을 바쳐 최선을 다해야겠습니다.

기미 독립운동 당시에도 하나님을 구주로 모시고 있는 기독청년들의 활약이 얼마나 컸는가는 기록을 통해 알 수 있습니다.

본문 말씀과 같이 당시의 청소년들은 생의 목표를 분명히 세우고 투쟁하면서 오로지 의로운 삶을 살았으므로 오늘의 우리들이 있음을 알고 하나님께 감사하는 민족이 되어야 할 것입니다.

　그러면 우리 인간은 어떻게 삶의 목표를 세우고 살아가야 될까요?

　잠언 4장 23절에 '무릇 지킬 만한 것보다 네 마음을 지키라. 생명의 근원이 이에게 남이라'고 했습니다.

　이는 자기 자신을 알고 지배하고 계발하는 사람이 자기가 살아가고 있는 환경과 운명을 지배하는 것이라는 뜻입니다.

　성경 말씀에 '꿈이 없는 민족은 망하리라' 했습니다.

　적극적인 꿈, 창조적인 꿈을 가지고 있는 사람은 결코 망하지 않습니다.

　서양 속담에 '새의 눈을 가진 민족은 흥하나 벌레의 눈을 가진 민족은 망한다'고 했습니다.

　청소년 여러분들은 새처럼 저 높은 곳을 향하여 미래의 주인공이 될 꿈을 가진 인생 목표를 설정해야 합니다.

　목표 설정은 청소년의 인격 형성에 중대한 영향을 끼치게 됩니다.

　과거의 성취보다 현재의 부단한 노력, 미래의 목표가 인간의 소망을 점진적으로 발전시키는 것입니다.

　내일에 대한 분명한 목표를 가지고 있는 사람은 불행한 과거를 극복할 수 있고, 그 어떠한 현재의 고난도 이겨 나갈 수 있습니다.

　하나님을 믿는 사람들이 이 세상 사람들과 다른 것은 미래에 새 하늘과 새 땅과 새 예루살렘을 차지할 선민들이고, 또 이런 분명한 목표가 있기 때문에 현재의 삶을 정결하게 하며 절제하면서 살아가는 것입니다.

　목표가 없으면 삶의 의미도 상실하고 맙니다.

　오늘날 수많은 사람들이 실패하는 것은 내일에 대한 목표가 없기 때문입니다. 내일에 대한 목표가 없는 사람은 바람 부는 대로 물결 치는 대로 살아갑니다.

이런 삶에 무슨 의미가 있을 수 있겠습니까? 사람은 생의 의욕을 잃음으로써 만사에 실패를 하게 되는 것입니다.

맥쓰우웰 말쓰가 '사람은 목표를 추구하는 존재'라고 말한 점을 보더라도, 만일 사람이 목표를 상실하면 마음과 육체가 자신도 모르게 무너져 버리게 되는 것입니다.

우리는 이 세상에 살면서 두 가지 목표를 가지고 살아가야 됩니다.

첫째, 영원한 목표를 가지고 살아가야 되겠습니다.

어디에서 와서 무엇 때문에 살며 어디로 가는지 알지 못하고 사는 사람에게 행복이 있을 수 없습니다.

지금 우리들은 2000년대에 이루어질 꿈을 바라보며 살아가고 있습니다. 그때는 정말 행복이 이루어질까요? 아니 GNP가 높아지면 행복해질까요?

그렇다면 GNP가 높은 선진국이 과연 인간의 낙원이며 노인 문제, 청소년 문제가 없을까요?

절대로 그렇지 않습니다. 영원한 목표를 갖지 못한 사람은 결코 행복한 삶을 살 수 없습니다.

서양의 교사로 불리우는 아우구스티누스가 '하나님이시여, 당신을 알기 전에는 우리 마음에 쉼이 없나이다'라고 고백한 것처럼 사람은 유일무이하신 하나님의 형상과 모양대로 지음을 받은 귀하고 귀한 존재입니다.

그러므로 하나님을 믿지 않는 사람은 영혼의 갈증을 해결치 못해 방황할 수밖에 없습니다. 궁극적인 삶의 목표를 잃은 사람은 물질이 풍요로와도 만족을 얻지 못합니다.

오직 삶의 궁극적인 목표를 분명히 아는 사람, 하나님 앞에서 자신이 누구인가를 분명히 아는 사람만이 진정한 행복을 누리며 살아갈 수 있습니다.

둘째, 현실생활에서도 늘 내일에 대한 분명한 목표가 있어야 하겠습니다.

옛말에 '하루의 승리는 새벽에 있고 일주일의 승리는 월요일에 있으며, 한 달의 승리는 초하루에 있고, 일년의 승리는 1월 1일에 있다'고 했습니다.

승리를 위한 목표를 어떻게 세우느냐가 중요하고 그 목표를 향해 전력투구하는 사람이 행복한 삶을 살고 성공적인 삶을 살아갈 수 있습니다.

이런 목표가 없는 사람은 결코 자신의 온전한 인격을 갖출 수가 없습니다.

3·1절을 맞이해서 다시 한번 옷깃을 여미고 선열들이 어떠한 인생의 목표를 세우고 살았는가를 생각해 보십시오.

이분들은 분명히 영원한 목표를 가진 삶을 살았기에 이 민족이 그 '피'의 보람으로 독립되었고, 내일에 대한 삶의 목표가 있었기에 우리들이 현존하고 있는 것입니다.

영원한 삶의 목표, 궁극적이고 현실적이고 분명한 삶의 목표를 설정함으로써 자기 자신을 발견하고, 다스리고 나아가 환경을 다스리는, 그래서 참다운 삶을 사는 미래의 주인공이 되시기를 주님의 이름으로 기원합니다.

밑거름의 생활

"내가 진실로 너희에게 이르노니 한 알의 밀이 땅에 떨어져 죽지 아니하면 한 알 그대로 있고 죽으면 많은 열매를 맺느니라."(요한복음 12 : 24)

예수님의 말씀과 70여 년 전에 있었던 우리 민족사에 영원히 잊지 못할 빛나는 3·1운동 정신과 어떠한 함수관계가 있으며, 오늘날에 성장하고 있는 청소년들에게 어떤 교훈을 남겨 주고 있는가를 재조명하고, 여러분의 나아갈 길을 제시코자 합니다.

한 알의 밀알이 땅에 떨어져 죽으면서 많은 열매를 맺는다는 것은 이 씨가 새로운 생명을 탄생시킴으로써 두 가지 의미를 갖는다는 내용을 함축하고 있습니다.

첫째는 밀알 자신이 스스로 썩어 새로운 생명을 탄생시킨다는 것입니다.

둘째는 밀알 자신은 썩을 뜻은 없으나 땅의 습기와 여러 가지 기온의 작용에 의해서 어쩔 수 없이 썩임을 당해 새 생명을 탄생시키는 경우입니다.

위의 두 가지 의미를 인간에게 적용시켜 보면 분명히 근본부터 다르다는 것을 알 수 있습니다.

예수님께서도 자신을 밀알에 비유하셨습니다.

밀알 한 알이 땅에 떨어져 썩음으로써 많은 열매를 맺는 것같이 예수님의 죽음 역시 많은 인류를 영생에 이르게 한다는 뜻입니다. 그래서 도스토예프스키는 '자기를 희생하는 것만큼 행복한 일은 없다'고 했던 것입니다.

3·1운동을 주도했던 33인의 민족대표 중 16명이 기독교 지도자였고, 독립선언문 내용도 기독교적인 사랑과 평등·정의·평화의 의미가 담겨져 있습니다.

독립운동의 전개 과정을 보면 교회와 기독교 학교 및 기관들이 중요한 역할을 한 것은 빼놓을 수 없는 사실입니다.

1919년 4월 31일 미국 기독교 협의회 동양위원회는 3·1운동에 대해 다음과 같은 보고문을 미국 정부와 교계에 알렸다고 기록하고 있습니다.

'기독교인은 지금 전국에 영향을 미치고 있습니다. 기독교인만이 현 시점에서 국제정세에 정통하여 민족자결의 횃불을 들겠다고 각오한 사람들입니다. 그것도 시간적으로 보아 이때가 가장 적당하다고 판단하리만큼 안목이 트여 있었습니다.

기독교인의 이와 같은 박력 있는 행동과 삶의 각오가 없었더라면 이처럼 독립만세운동이 물밀듯 무섭게 전국에 작용하진 못했을 것입니다. 기독교인들만이 참혹한 식민정책에서 소망을 포기하지 않았던 유일한 부류의 조선민입니다.

이 내용을 보더라도 그 당시 전 인구의 1.5%밖에 안 되는 30만 정도의 기독교인들이 한 알의 밀알이 죽어 썩어야 됨을 알고 앞장

서서 독립운동을 주도했기에 오늘의 세대에 열매를 맺고 있음을 깊이 숙고해야 합니다.

이제 3·1정신의 기조는 기독정신에 있었음을 깨닫고, 다음 세대의 주인공인 청소년 여러분들의 새로운 길잡이가 무엇인가를 생각해야겠습니다.

지금의 여러분은 그 당시의 광경을 사진으로나 책에서 보고 배울 때 그 일을 역사 속의 지나간 사건으로만 알고 '그때니까 그렇겠지'라고 별 의미 없이 넘길지도 모릅니다.

그러나 그 당시 자생적으로 용광로처럼 끓어올랐던 민족의 에너지의 결집은 역사 속의 한 사건으로만 남아 있는 것이 아니라 정의·인도·생존·번영 등의 원리와 민족정신으로 오늘날에도 그대로 이어지는 것입니다.

1929년 간디의 스승 타고르는 한국을 이렇게 찬양했습니다.

'일찍이 아시아의 황금시대에 빛나는 등불의 하나였던 코리아, 그 등불 다시 한번 켜지는 날엔 너는 동방의 빛이 되리라. 무한히 퍼져 가는 생각과 행동으로 우리들의 마음이 인도되는 곳, 그러한 자유의 전당으로 나의 마음의 조국 조선이여 깨어나소서.'

동방의 나라 아시아의 등불인 우리 조국이 무한한 잠재력을 가지고 있음을 타고르는 지적했습니다.

다른 나라 사람도 인정하고 격친하는 우리 민족의 우수성을 우리는 스스로가 인정하고 계발해야겠습니다.

지금 우리들은 무엇을 최우선으로 해야 될 것인가를 깨달아야 합니다.

세계 각국들은 21세기의 청사진을 내어놓고 땀흘리고 있습니다. 우리도 21세기를 향해 힘껏 달려가야 합니다.

세월이 지나도 변치 않고 더욱 빛날 수 있는 정신은 무엇이겠습니까?

2,000여 년 전 그리스도께서 이 땅에 오셔서 행한 일들이 2,000년이 지난 오늘 더욱 많은 열매를 맺고 있지 않습니까?

1919년 당시에는 불과 30만이었던 한국 기독교도가 지금은 천이백만 명으로 증가했음은 무엇을 의미합니까?

하나님의 위대하신 뜻은 쉬지 않고 섭리의 방향을 따라 움직이고 있다는 증거입니다.

3·1운동도 누가 시켜서 한 것이 아닙니다. 자생적으로 일어났고 그 요원의 불길이 전국으로 퍼져 나가게 됐던 것입니다.

3·1운동으로 희생한 사람들은 스스로 원해서 땅 속에 묻히듯 썩었고, 썩음으로 인해서 뿌리가 내렸고 성장해서 열매를 맺은 것입니다.

세계지도를 펴놓고 보면 이스라엘은 아주 작은 나라에 불과합니다. 그런데 세계의 강국으로 성장한 모습을 보며 우리는 하나님의 크신 뜻이 이루어지고 있음을 알 수 있습니다.

우리나라 역시 조그만 땅덩어리지만 기독교세가 급속도로 확장되고 있고, 정치·경제·문화·교육 등 모든 측면에서 눈부신 발전을 거듭하고 있음을 볼 때 하나님의 놀라운 섭리가 있음을 알 수 있습니다.

우리 역사상 가장 중대한 시점에 서 있는 우리들, 그리고 21세기의 주인공이 될 청소년 여러분들은 다음의 성경 말씀을 새롭게 음미하고 거듭나는 생활을 해야겠습니다.

마태복음 13장 31～32절에 '예수님께서 비유하시되 천국은 마치 사람이 자기 밭에 갖다 심은 겨자씨 한 알 같으니 이는 모든 씨보

다 작은 것이로되 자란 후에는 나물보다 커서 나무가 되매 공중에
새들이 와서 그 가지에 깃들이느니라' 했습니다.

　이 말씀대로 지금의 내 존재는 미래의 세대에게 물려줄 겨자씨
가 되어야 되고, 이 씨가 죽어 썩을 때 큰 나무로 성장되며 공중에
새들이 깃든다는 것을 명심하고 작은 밀알이 되어 자신의 삶 속에
서 거듭나는 생활을 하여 나라와 사회에 큰 기둥이 되어지기를 바
랍니다.

큰 소망

"하나님이 가라사대 내세에 내가 내 영으로 모든 육체에게 부
어 주리니 너희의 자녀들은 예언할 것이요, 너희의 젊은이들은
환상을 보고 너희의 늙은이들은 꿈을 꾸리라."(사도행전 2 : 17)

본문은 예수님의 수제자 베드로가 부활하신 예수님을 만나고
나서 삶에 자신을 얻고 외친 말씀입니다.

베드로는 예수님을 믿는 수제자였습니다.

그러나 베드로는 주님이 십자가에 못박혀 돌아가시자 삶에 자
신을 잃고 얼마 동안 후회하다가 다시 그물을 챙기고 갈릴리 바다
로 향했습니다.

그는 예수님을 스승으로 믿고 따라다녔던 일에 대해서 후회를
하기도 했습니다. 지금까지 해변에서 고기를 잡았으면 많은 재산
을 모았으리라고 생각하기도 했습니다.

그러나 베드로는 부활하신 예수님을 만나고 나서 삶의 용기를
얻고 많은 사람들에게 희망을 가지라고 외쳤습니다.

사랑하는 청소년 여러분! 대학을 진학할 수 없다고 삶을 포기해

서는 안됩니다. 영국의 한 시인이 '청춘 시절에 여러 가지 시행착오를 겪어 보지 못한 사람은 중년이 되어도 아무런 힘을 발휘하지 못할 것'이라고 말했듯이 아직 여러분에게는 젊음이 있고 기회가 있습니다.

4년 전 저희 학원 준비생의 이야기입니다.

그 학생이 4수까지 하고 나니까 삶에 대한 자신이 없어졌다는 것입니다. 부모의 강요에 못 이겨 매번 일류대학을 목표로 공부했는데 번번이 실패를 하고 나니 이제는 더 이상 자신이 없다는 것입니다.

그래서 학원에서 수업시간만 끝나면 친구들과 어울려 다니면서 술을 마시고, 또 당구장에서 시간을 보내는 것을 낙으로 알았다는 것입니다. 그런데 이 학생은 학원 내 채플실에서 예배를 보면서부터 새로운 용기를 갖게 되고 재기해야겠다는 굳은 의지로 열심히 공부를 했다고 합니다.

술을 좋아하던 친구들도 시간만 끝나면 당구장으로 다방으로 전전하던 그런 악습을 말끔히 일소했다고 합니다.

그래서 그 학생은 노력한 만큼 좋은 성적을 얻었고, 부모님이 원하고 또 자신이 원하는 대학에 입학하여 지금은 의젓한 대학생이 되었습니다.

용기와 희망을 가신 사람만이 이 사회에서 살아갈 수 있습니다.

일본 북해도를 개척하기 위해 미국인 곤충학자 크라크 박사는 북해도 삽포로에 농업학교를 세웠습니다.

이 크라크 박사는 일본을 떠나면서 유명한 말을 남겼습니다.

'젊은 청소년들이여 꿈을 가지시오'라고 말입니다. 이 말을 들은 삽포로 농업학교 학생들은 그 말을 마음에 새겨 일본의 꿈은 젊은

이에게 달려 있음을 가슴에 새기고 열심히 공부했다고 합니다.

바로 그 말에 힘을 얻었던 우찌무라간쇼는 세계적인 성경학자가 되었고, 일본 젊은이의 표본이 되는 위대한 인물이 되었습니다.

그뿐 아니라 니나베라는 사람은 그때 크라크 박사의 영향으로 일본을 국제무대에서 활동할 수 있도록 한 유명한 외교관이 되었고, 후에 기독교 정신으로 일본 동경여자대학교를 창설했습니다.

지난날의 슬픔은 잊어버리고 새로운 각오와 결의로 출발하면 꼭 성공할 것입니다.

꿈을 갖고 열심히 노력하여 많은 사람들에게 기쁨을 주고 자신에게는 삶의 확고한 의의를 가슴에 새기고 힘차게 전진하시기 바랍니다.

위대한 꿈

"또 본즉 여호와께서 그 위에 서서 가라사대 나는 여호와니
너의 조부 아브라함의 하나님이요 이삭의 하나님이라. 너 누운
땅을 내가 너와 네 자손에게 주리니 네 자손이 땅의 티끌같이 되
어서 동서남북에 편안할지며 땅의 모든 족속이 너와 네 자손을
인하여 복을 얻으리라.
　　내가 너와 함께 있어 네가 어디로 가든지 너를 지키며 너를
이끌어 이 땅으로 돌아오게 할지라.
　　내가 네게 허락한 것은 다 이루기까지 너를 떠나지 아니하리
라 하신지라."(창세기 28 : 13~15)

이삭의 아들이요 아브라함의 손자인 야곱이 어머니 리브가의
말대로 외삼촌 집으로 가기 위해 브엘세바에서 하란으로 가던중
해가 진지라, 유숙하기 위해 그곳의 돌을 베개삼고 잠이 들었을 때
꿈을 꾼 이야기입니다.

야곱은 이 꿈을 깬 후 '여호와께서 여기 계시거늘 알지 못하였
다' 하며 너무나 기뻐서 이 일을 그대로 받아들이고 순종하는 마
음을 갖고 외삼촌집으로 떠났다고 합니다.

왜 야곱이 아버지 이삭과 있지 못하고 어머니의 친정인 외삼촌

집으로 가게 되었는지 사유를 알아봅시다.

야곱은 형 에서와 쌍둥이 형제였습니다. 아버지 이삭은 형 에서를 사랑했고 어머니 리브가는 아우 야곱을 사랑했습니다.

이스라엘에서는 아버지가 연로해서 돌아가실 때 장자에게 축복을 해 주는 전통이 있습니다.

그런데 형 에서는 장자의 중요성을 인식치 못하고 아우 야곱에게 장자의 자리를 물려주는 어리석은 약속을 해버렸습니다.

더구나 아버지 이삭은 축복을 할 때까지도 야곱인 것을 몰랐습니다. 에서가 아버지 말씀대로 사냥을 간 사이에 야곱은 아버지에게 가까이 가서 형 에서로 변장하고 장자의 축복을 빼앗아 받아 버렸던 것입니다.

그 후 뒤늦게 돌아온 에서가 이 사실을 알고 야곱에 대한 증오심이 더해져 야곱을 헤치고자 하니 어머니 리브가가 에서의 분노가 풀릴 때까지 외삼촌집으로 피신시켰던 것입니다.

야곱은 외삼촌집에 가서 성실하게 생활했고, 양도 열심히 사육했습니다.

그리고 사심이나 탐심 없이 20여 년 동안 외삼촌 댁에서 수고한 결과 외삼촌이 야곱을 고향으로 보낼 때는 수천 마리의 양을 선물로 주었습니다. 야곱은 꿈속에서 약속해 주신 대로 여호와께서 하신 말씀대로 크게 번성하여 행복한 삶을 살 수 있었습니다.

돌베개를 베고 잠들었을 때에 꾼 꿈이 바로 야곱을 위대한 인물로 만드는 확실한 증거였던 것입니다.

청소년 시절은 푸른 꿈을 가질 수 있는 시기입니다. 그리고 그 꿈을 이루기 위해서 목표를 세우고 미래를 준비하는 때입니다. 그리고 장년이 되어서 그 이루어진 일들을 알알이 주워 담아 역사의 한 페이지를 장식하는 것입니다.

영국 속담에 '큰 희망은 위인을 만든다'고 했습니다. 여기서 희망이란 꿈을 말하는 것입니다.

역사적으로 위대한 인물들은 청소년 시절부터 청운의 꿈을 가지고 노력할 때 좋은 결실이 이루어진다는 것을 잘 알고 있었던 사람들입니다.

그러면 인간들이 이 꿈을 이루기 위해서 어떻게 해야 될까요?

하나님께서는 아브라함에게 축복을 해 주셨고, 아브라함은 이삭에게 이삭은 야곱에게 그 축복을 대대로 해 주었습니다.

이 축복은 인간들이 허락한 것이 아니라 여호와 하나님께서 인간을 통해서 허락하신 것입니다.

이렇듯이 위대한 꿈을 이루기 위해서는 진실로 하나님을 영접하여 그 말씀을 믿고 말씀대로 살아갈 때 실현이 가능해지는 것입니다.

또한 순종의 자세가 위대한 꿈을 이루는 지름길이라는 사실을 보여주었습니다. 청소년 여러분들도 나를 낳아 주고 길러 주신 부모님께, 가르쳐 주신 선생님께, 보살펴 주신 어른들께 순종하는 여러분들이 될 때 틀림없이 하나님께서 여러분들이 가지고 있는 꿈을 이루어 주실 것입니다.

그러면 꿈을 가진 인생과 꿈을 갖지 않은 인생과는 어떠한 차이가 있을까요?

첫째, 꿈을 가진 사람은 만사에 활력이 넘쳐 있습니다.

인간이든 국가든 간에 소망을 가지고 앞을 내다보고 나아갈 때 모든 면에서 부족한 점이 있다고 해도 이를 극복하고 성공할 수 있습니다.

1979년 일본 오히라 수상의 초청으로 현해탄 건너 일본에 갔던 일이 있습니다.

이때 자민당 간부들과 당원들이 모인 자리에서 오히라 수상의 연설 내용 중 감명받은 것은 일본 같은 선진국도 이 시대를 슬기롭게 극복하기 위해서는 '인적자원'을 잘 개발해야 된다는 점을 강조하는 것이었습니다.

그 당시 일본 인구 1억 1천여만 명이 하나로 단결하자고 호소하는 내용이었습니다.

선진국 일본이 보다 더 잘 살기 위해 또 경제적으로 세계시장에서 우뚝 서기 위해 노력하는 것을 보고 큰 소망을 가진 민족이라는 것을 느꼈습니다. 일본은 어디를 가나 활력이 넘치는 나라였습니다.

청소년 여러분도 꿈을 가지고 하나님과 함께 할 때 하루의 생활이 활력에 넘치고 발전해 갈 것입니다.

둘째, 꿈을 가진 사람은 늘 전진하고 향상되어 가는 것입니다.

인간은 요람에서 무덤까지 교육을 받아야 할 대상자입니다.

'교육'이란 영어사전에서 찾아보면 Education으로 라틴어 Educare에서 유래되었습니다. 따라서 어원상 educare라는 뜻은 '성장시키다, 발전시키다'입니다.

인간은 교육을 통해서 바람직한 방향으로 새롭게 성장되고 발전되면서 전진하고 향상되어 가는 것입니다.

이와 같이 청소년 시절의 교육이 바로 여러분들의 꿈을 이루어 가는 과정이고, 이 교육을 통해서 전진 향상하는 것입니다.

미국의 유명한 대통령이었던 존 F. 케네디는 이런 연설을 했습니다.

미국민을 향해서 역사가 우리들에게 질문을 할 때 '첫째, 용감히 살았느냐, 둘째, 총명하게 살았느냐, 셋째, 성실하게 살았느냐, 넷째, 헌신적으로 살았느냐고 질문하면 우리들은 어떻게 대답할까요?'라고 한 이야기를 작금의 우리들은 정답을 찾도록 노력해야 되겠습니다.

성경을 보면 야곱이나 요셉의 꿈은 분명히 위대한 꿈이었고, 그 위대한 꿈이 이들을 위대한 인물로 만들었음을 알 수 있습니다.

여러분도 속히 하나님 편에 서서 희망과 소망에 찬 꿈이 성령 안에서 실현되어지기를 기원합니다.

제2부

•

젊음은 길게 느껴지지만 인생은 짧다

창조적인 삶

> "가난한 자들은 항상 너희와 함께 있으니 아무 때라도 원하는 대로 도울 수 있거니와 나는 너희와 항상 함께 있지 아니하리라.
> 제가 힘을 다하여 내 몸에 향유를 부어 내 장사를 미리 준비하였느니라.
> 내가 진실로 너희에게 이르노니 온 천하에 어디서든지 복음이 전파되는 곳에는 이 여자의 행한 일도 말하여 저를 기념하리라 하시니라."(마가복음 14 : 7~9)

옛말에 '호랑이가 죽으면 가죽을 남기고, 사람이 죽으면 이름을 남긴다'고 했습니다. 사람은 이름을 남겨야만 가치 있는 생을 살았다고 흔히들 평가합니다.

요는 자기가 살아온 과거의 흔적이 얼마나 중요한가를 강조하는 내용입니다.

겨울철에 밤새도록 내린 눈길에 아침 일찍 걸어간 사람의 발자국이 뚜렷이 나타나는 것처럼 인간이란 살아온 흔적을 간직하고 싶어하는 것입니다.

우리의 삶이란 바로 세상이라는 큰 테두리 안에서 내가 살아온 내역 즉 내 삶을 역사라는 눈 벌판에 흔적을 남기는 위대한 작업입니다.

평범하게 산 사람은 발자국이 생기기가 무섭게 다른 사람에 의해서 지워지지만 대개는 영구히 그 자취가 남아 있는 것입니다.

본문은 이런 의미에서 성공적이고 창조적인 삶을 살았던 한 여인을 소개하고 있습니다.

시기적으로 그리스도께서 십자가를 지시기 전 역사적 사건을 기록해 놓고 있습니다.

그리스도께서 식사하시는 도중에 이 여인이 등장하여 자신의 발에 향유를 부은 행위를 칭찬하시며 '복음이 전파되는 곳에는 이 여자의 행한 일을 말하고 저를 기념하리라'고 하셨습니다. 이 여인은 역사라는 길 위에 지워지지 않는 큰 흔적을 남긴 것입니다.

예수께서는 우리 인간들의 초라하고 유한한 삶을 영원한 역사 속의 인간으로 승화시켜 주셨습니다.

성공적인 삶, 은총을 입은 삶이란 역사의 차원으로 승화되는 삶이며, 그것은 곧 자기의 이야기를 남기는 창조적인 삶입니다.

어떻게 하면 우리의 삶이 창조적인 삶이 되게 할 수 있을까요?

첫째, 실존적 만남이 이루어져야 합니다.

옥합을 깬 한 여인은 그리스도께 진실한 마음으로 모든 것을 드린 것입니다.

여기에는 가식이 없고 위선도 없었고 진실만이 있었기에 죽음을 예비하는 값진 만남을 가지게 된 것입니다.

이러한 만남이 이루어지기 위해서는 자기가 가장 소중히 여기는 것을 내놓을 수 있어야 합니다. 자기가 가진 모든 걱정에 대한 전적인 표기가 있어야 함을 의미합니다.

둘째, 비전을 가져야 합니다.

가장 귀한 옥합을 깬 이 여인은 그리스도의 앞날을 내다보고 있습니다.

'내 몸에 향유를 부어 내 장사를 미리 준비하느니라'하신 말씀에서 이 여인은 하나님께서 주신 선견을 가지고 그대로 행한 행위였습니다.

그러나 자기 나름대로 똑똑하고 교만했던 그곳의 사람들은 전혀 앞을 내다보지 못했음을 알 수 있습니다.

그래서 우리들은 지금의 고통이나 아픔은 미래의 행복과 기쁨으로 바꾸어짐을 굳게 믿고 굳건한 삶을 살아가야겠습니다.

셋째, 성실한 밑거름이 되어야 합니다.

예수님께서는 '제가 힘을 다하여 내 발에 향유를 부었다'라고 하셨습니다.

이는 나 자신을 위한 것이든 남을 위한 일이든 간에 최선을 다하고 전력을 다해 희생할 때 분명히 열매를 맺게 됨을 말씀해 주신 것입니다.

넷째, 준비하는 자세가 이루어져야 합니다.

우리는 '유비무환'이란 말과 같이 늘 준비하는 자세로 살아야 합니다. 그리스도가 하신 일을 우리 인간들은 알 수가 없습니다. 때문에 믿음으로 살아야 합니다. 그것이 바로 준비입니다.

그러나 앞을 내다보고 성실하게 살아가는 자에게 하나님께서는 길을 인도하시고 은총을 내려 주십니다.

'내가 장사를 미리 준비하였다'라는 예수님 말씀대로 하나님께서 이 여인으로 하여금 준비하게 하신 것입니다.

우리가 서로 만남으로 인해서 너와 내가 진실해지고, 너와 내가 심화되고, 너와 내가 빛과 힘을 얻고, 너와 내가 서로 돕는 진지하고 창조적인 삶이 이루어지게 되는 것입니다.

독일의 한 시인이 '인생은 곧 만남이다'고 했듯이 퇴계 선생과 율곡 선생의 만남, 예수님과 무명의 여인 베다니의 만남, 이러한 만남에서 영혼의 각성이 일어나고 정신적인 신성이 일어나게 됩니다.

그리고 인간의 정신사를 새롭게 하고, 생의 차원을 승화시키는 것입니다. 그러므로 우리의 삶은 예수님과 한 여인의 만남에서 이루어진 '복음이 전파되는 곳에서는 여자의 행한 일을 기념하리라' 하신 말씀대로 우리 각자의 삶을 창조적인 삶으로 창출해 나가야 겠습니다.

승리의 십자가

"예수께서 이르시되 내가 진실로 네게 이르노니 오늘 네가 나
와 함께 낙원에 있으리라 하시니라."(누가복음 23 : 43)

애니 존슨 플린트는 이런 글을 남겼습니다.
'오! 무서운 질풍 속으로 배를 저어 가거라
어떤 바람이 일지라도
암초가 너를 부수지 못하며
무풍이 배를 늦추지 않으며
안개가 방해치 못하며
폭풍이 배를 멈추지 못하리니
네가 멀리 방황하고 길게 부르짖을지라도
시헤의 물안개를 지나고
그리고 파도를 넘어서
바람이 배를 때리지 못하고
집으로 가는 길을 재촉할 뿐이라.'
4월만 되면 중국 대륙에서 발생하여 우리 나라로 불어와 황사현

상이 일어나는 것을 기억할 것입니다.

그때 우리들은 4월인데 왜 바람이 이렇게 강하고 거세게 몰아치는가고 짜증만 냈던 것입니다.

온화한 바람이 불어와야 할 계절인데 급격한 기후 변화로 황사현상이 밀어닥치니 짜증을 낼 수밖에 없었던 것입니다.

한 인간의 인생 행로가 4월에 생각지 않게 거칠고 사나운 황사현상과 함께 바람이 불어온 것같이 뜻하지 않은 일들이 생기고, 이로 인해 고통을 당하고 생존에 위협을 느낀 일들이 많이 있는지 아십니까?

이렇게 생각해 봅시다.

'나는 이런 거센 계절을 나의 의지로 극복할 수 있다. 그리고 이런 일들에 익숙하게 이겨내고 있다'고 자기 자신에게 긍정적인 답을 끌어내 보십시오.

얼마나 통쾌하고 기분좋은 일입니까.

언제까지나 아늑한 포도원이나 심한 바람이 불지 않는 게곡의 초원에서 영원히 머물러 있는 것보다는 비도 내리고 바람도 거세게 불고 심한 강풍이 몰아치는 곳에서 강인한 인내와 의지력이 생기는 것입니다. 인간이 이런 자연현상을 극복하고 정복하는데 주 하나님께 의지하고 승리한다면 자신의 성장을 꾀할 수 있을 것입니다.

4월! 이 달은 만물이 소망 속에서 생동하기 시작하는 계절입니다.

더욱 예수께서 하나님의 영광을 나타내시기 위해 예정하신 대로 도저히 인간 예수로는 당할 수 없었던, 아니 있을 수 없는 고난을 받으시고 십자가 위에서 돌아가신 달입니다.

그리고 우리들에게 소망의 횃불을 들어 영원히 살 수 있다는 증거를 부활로써 확실히 보여준 귀한 달입니다.

세계적인 영웅 나폴레옹이 '내 사전에는 불가능이란 없다' 또 '나사렛 예수여, 그대는 승리하였도다'라는 말을 했습니다.

자나 깨나 자기 승리를 확신하고 자기 승리에 도취된 나폴레옹이 어찌하여 예수님의 승리를 인정하고 예수님의 승리를 찬미하기에 이르렀을까요?

여기서 나폴레옹의 일생은 승리 같은 패배이며, 예수님의 일생은 패배 같은 승리임을 나폴레옹 자신이 인정한 것입니다.

사실 인간의 삶은 이 세상에서 살아가는 동안 승리와 패배로 나누어집니다.

성경에 보면, 베드로와 유다는 다 같은 예수님의 제자였지만 유다는 배신의 패배자였고 베드로는 승리자였습니다.

빌라도와 예수님 역시 똑같은 재판석에서 일문일답을 했으나 그 당시 세력이 강한 빌라도는 패배자였고, 예수님은 승리자가 되신 것입니다.

그 이유는 어디에 있을까요?

빌라도는 정치적인 사유로 자기 직무에 충실치 못했고 예수님은 의무인 하나님의 뜻을 성실히 33년간 수행하셨습니다.

즉 예수님은 죽을 사람의 대신이 되어 주었고, 멸망받을 자의 구원이 되어 주셨고, 자기의 인생을 어떻게 살아야 하는가를 모르는 자의 인도자가 되기 위해서 이 세상에 오셨습니다.

그래서 예수님은 이상과 같은 임무를 그의 십자가에서 완수하신 것입니다.

지금 전세계 인류의 대다수가 부활한 예수를 믿고 있습니다.

즉, 예수님은 미움에 대한 사랑의 승리자요,

예수님은 희롱에 대한 진실의 승리자요,

예수님은 비방에 대한 침묵의 승리자요,

예수님은 폭력에 대한 온유의 승리자요,

예수님은 사탄에 대한 하나님의 승리자이신 것입니다.

애니 존슨 플린트의 글을 보면 무서운 질풍 속으로 배를 저어 갑니다. 강풍도 이기고 암초도 잘 피하고 짙은 안개 속을 헤쳐 무사히 목적지에 도달합니다. 승리의 인생과 비유해 보면 이는 어렵고 힘든 고난의 십자가가 승리의 십자가로 됨을 확실히 증거로 나타냄을 알 수 있습니다.

예수님의 고난이 현존하는 '나'라는 인간을 위해 주신 사랑의 은혜요 열매라면, 우리는 곧 창조주 하나님의 위대함을 깨달아야 합니다.

마가복음 16장 6~7절에 보면 '청년이 이르되 놀라지 말라. 너희가 십자가에 못박히신 나사렛 예수를 찾는구나. 그가 살아나셨고 여기 계시지 아니하니라. 보라. 그를 두었던 곳이라. 가서 그의 제자들과 베드로에게 이르기를 예수께서 너희보다 먼저 갈릴리로 가시나니 전에 너희에게 말씀하신 대로 너희가 거기서 뵈오리라 하라 하는지라' 했습니다.

예수님께서 죽은 자 가운데서 삼일 만에 살아나심으로 인해 인생의 영원한 숙제인 죽음의 문제를 풀었으며 인생을 절망에서 구하셨습니다.

'부활'이라는 글자는 온 인류에게 큰 희망을 안겨 주는 놀랍고도 벅찬 말입니다.

여기서 부활의 과정을 보면 첫째, 무덤문에서 큰 돌이 움직인 사건으로 믿음의 역사입니다. 둘째, 희망찬 만남을 의미합니다. 셋째, 사랑의 교통입니다.

예수님을 통해서 하나님의 영광을 나타내셨고 하나님의 새로운 창조를 보여주셨습니다.

'보라. 내가 새 하늘과 새 땅을 창조하리니 이전 것은 기억되거나 마음에 생각나지 않을 것이라. 또 다시는 눈물과 사망, 애통과 곡하는 것, 아픈 것과 슬픈 것이 있지 아니하리라'고 하신 성경의 예언이 주님의 부활로 말미암아 우리에게 약속된 것입니다.

우리에게 지금 주어진 모든 여건이 만족스럽지 못하더라도 예수님의 고난을 생각하고 꾸준히 참고 노력한다면 예수님께서 부활하신 것과 같이 여러분들의 생애 역시 소망과 희망으로 승리의 열매들이 맺어질 것을 확신합니다.

부활의 그리스도

> "이에 군대와 천부장과 유대인의 하속들이 예수를 잡아 결박
> 하여 먼저 안나스에게로 끌고 가니 안나스는 그해의 대제사장인
> 가야바의 장인이라.
> 　가야바는 유대인들에게 한 사람이 백성을 위하여 죽는 것이
> 유익하다 권고하던 자러라."(요한복음 18 : 12~14)

부활절이 되면 세계 기독교인들이 예수님의 수난을 생각하며 동참하고 부활의 참의의를 찾아 인간의 참 '주'이신 예수 그리스도의 부활을 축하하는 모임을 갖고 그 참된 사실을 아직까지도 알지 못하는 인간들에게 알리고 있습니다.

여기서 청소년 여러분들은 예수님의 행한 성서적 기록과 그 역사적 사실을 어디까지 믿고 있는지 그 배경과 의미를 함께 생각해 봅시다.

성경 요한복음 18장 1~10절에 겟세마네 동산에서 예수님 체포의 본문 말씀과 같이 대제사장의 재판 내용과 요한복음 18장 28절부터 19장 16절까지 총독의 재판 등의 역사적 사실을 볼 수가 있습니다.

세계의 수많은 교회가 사순절을 보내고 있는데 이 기간 동안 신자들은 그리스도가 체포되어 십자가에 못박히고 부활을 맞기까지의 그의 삶과 고난을 음미하고 경건하게 절제하는 자세로 보내고 있습니다.

기독교 역사 중 가장 중요한 사건이 바로 그리스도의 고난과 부활입니다. 이 사건을 역사적 측면에서 조명해 보고 역사적 사실로서의 이 두 사건이 갖는 의미를 찾아보도록 합시다.

역사란 인류의 삶 속에서 일어나는 모든 사건을 기록으로 남기는 것입니다. 역사는 진실에 근거하여 기록하는 것입니다.

성경의 내용 역시 진리를 기록한 것임에 틀림없기에 세계의 수많은 민족들이 이 사실을 믿고 추종하는 것입니다.

어느 신학자는 기독교는 역사성과 초역사성을 갖는 양면적 종교라고 말했습니다.

역사 속에 표현되고 계시된 하나님의 진리가 있고, 초역사 속에 나타나는 진리도 있고 보면 진리는 역사적 사실이나 사건이 아니더라도 진리일 수가 있다고 말할 수 있습니다.

그러나 초역사 속에 있는 진리를 긍정적으로 받아들이면 진리가 되지만 부정적으로 받아들이면 진리가 될 수 없습니다.

여기서 기독교는 가장 역사성을 강조하는 종교이며 역사와 함께 걷고 있음을 알 수 있습니다.

세계의 교회들은 역사의 창조자이신 하나님께서 역사를 섭리 · 운행하심을 믿고 있습니다. 그리고 예수님께서 재림하시면 역사의 종말이 되며 새로운 심판을 믿고 있습니다.

여기서 분명히 알아야 할 것은 역사성이 없는 기독교는 허상일 수밖에 없고 기독교 없는 역사는 의미가 없는 시간의 연속일 수밖에 없다는 것입니다.

기독교의 가장 핵심 요소는 그리스도가 행한 구원의 역사가 가장 중요하다는 것입니다.

그러면 예수님은 어떠한 분이신가를 알아봅시다.

예수님의 신성과 인성에 대한 명확한 사실을 찾아봅시다.

성경을 살펴보면 그리스도가 하나님이며 사람이신 것이 여러 곳에 기록되어 있음을 발견하게 됩니다. 그러므로 성경을 통한 그의 신성과 인성과 양성의 문제는 의심의 여지가 없습니다.

그럼에도 불구하고 이 문제는 초대교회 시대에 여러 번 교리적 논쟁을 불러일으켰고 전통과 이단의 시비가 그치지 않고 야기되고 있습니다.

그러나 교회는 2,000년이 지나가고 있는 오늘날까지 양론을 재정립하고 성경에 나타난 선한 하나님의 창조물인 역사로 고귀하게 남아 있습니다.

이 역사 속에 그리스도께서 강림하셨고 역사를 창조하신 분으로 믿으며 신앙을 고백하게 된 것입니다. 따라서 그리스도의 신적 초월성과 인적 구체성을 동시에 받아들이고 있습니다.

한국교회도 110여 년 전 기독교를 받아들일 때 너무나 많은 고난이 뒤따랐음을 한국 역사를 통해서 잘 알 수 있습니다.

110여 년 전에 우리 선조들이 기독교를 받아들일 때는 험난한 난관이 너무도 많았습니다. 작금의 기독교 인구가 전 인구의 4분의 1을 차지할 정도이니 이 엄연한 역사적 사실을 흔히 신화나 전설에 나오는 것으로 판단지울 수만은 없는 것입니다.

즉 예수님의 초월적 존재만을 믿는다면 그는 허상과 이론적 형이상학에 빠져 공론만을 주장할 것이고, 초월성이 상실된 구체성만을 주장한다면 신학이 아닌 인간학 범주를 벗어날 수가 없게 될 것입니다.

그러므로 그리스도의 신성과 인성을 동시에 수용하는 것은 기독교 신학에 있어 무엇보다도 중요한 핵심입니다.

세계적으로 유명한 철학자 소크라테스도 사는 동안은 신에 대한 애지의 정신과 국가에 대한 정의의 정신으로 살았습니다.

예수님께서 이 세상에 계시는 동안 행하신 행위는 신성과 인성의 양면성을 동시에 보여주셨고, 본문 말씀에 기록된 대로 예수님의 죽음은 새로운 생을 탄생시키기 위한 거룩한 행위였습니다.

본문 내용에서 주는 교훈을 우리는 깊이 깨달아야 합니다.

죄없는 죄인으로 사형의 유죄 판결을 받은 예수님의 모습에서 영생의 새로운 생명과 현존하는 현실에 사로잡혀 앞을 못 보는 우리들의 어리석음을 대비해 봐야 할 것입니다.

예수님의 참생명은 이 세상 것에만 관심을 갖는 어떤 종교나 사상에도 부합될 수가 없습니다. 생명의 진리는 언제나 올바른 목적과 정의로운 방법과 함께 하는 것입니다.

예수님의 재판은 역사적 사실이고 이 모든 자료도 사실인 것입니다. 그렇기 때문에 예수님의 생명은 영원한 하나님의 나라를 목표로 하는 바른 지식, 선한 양심, 믿음의 의지로 현실을 극복하고 살아가고자 하는 사람들에게 언제나 참된 진리가 될 수 있습니다.

이 역사적 사실을 '아멘'으로 받아들이는 여러분들이 되기를 주님의 이름으로 소망하겠습니다.

십자가의 참뜻

"저희가 예수를 맡으매 예수께서 자기의 십자가를 지시고 해
골(히브리말로 골고다)이라는 곳으로 나오시니 저희가 거기서
예수를 십자가에 못 박을 때 다른 두 사람도 그와 함께 좌우편에
못 박으니 예수는 가운데 있더라."(요한복음 19 : 17~18)

예수님의 십자가상의 죽음을 오늘에 사는 청소년 여러분들은
어떻게 받아들이고 있습니까?

톨스토이가 '사랑은 아낌없이 주는 것'이라고 말했듯이 예수님
은 십자가상에 못박히심으로써 인류에게 목숨까지도 아낌없이 주
었습니다.

아마 이 역사적 사실들을 믿는 청소년들도 있을 것이고 믿지 못
하는 청소년들도 있을 줄로 압니다.

본문 내용을 보면, 예수님께서는 자기의 십자가를 친히 지고 가
셨습니다.

즉 예수님의 길은 인간들이 보기에는 가장 무서운 형벌이었으
나 예수님께서는 길이요 진리요 생명이 바로 십자가의 길임을 보
여주셨습니다.

다음으로 예수님께서는 죄인과 함께 못박히셨습니다.

집행자의 입장에서는 예수도 사형수인 이상 세상의 중죄인과 똑같은 방법으로 취급했습니다.

그러나 신학적 견지에서 볼 때 예수님은 바로 죄인들 사이에서 죄인들을 구원하기 위해 죽으셨다는 의미를 가지고 있습니다.

실지로 두 강도 중 한 사람은 십자가상에서 예수를 믿고 구원을 받았음을 누가복음 23장 39~43절에서 볼 수 있습니다.

그 다음으로 빌라도는 예수님께서 십자가에 못박히신 사실을 온 세계에 알리고자 죄패를 3개국 말로 '나사렛 예수, 유대인의 왕'이라 붙이게 했습니다.

그 당시 히브리, 로마, 헬라국은 세계적으로 종교, 정치, 문화를 대표하고 있었으므로 이렇게 표현했던 것입니다.

예수님의 나라가 이 지상의 것이 아니므로 땅 위의 어느 왕국을 다스리는 왕일 수는 없지만, 언젠가는 재림해서 만왕의 왕이 되실 것을 그 당시 빌라도와 그 일당들은 자기들도 모르게 세계에 선포했던 것입니다.

그리고 십자가상의 말씀들을 생각할 수가 있습니다. 못박히시고 운명하시기까자 일곱 가지 말씀을 남기셨습니다.

이 중 세 가지가 요한에 의해 기록되어 있습니다.

"여자여, 보소서 아들이나이다 하시고 그 제자에게 보라 네 어머니라."

"내가 목마르다."

"다 이루었다."

여기서 예수님만이 죽음으로 새 생명을 창조하는 구속의 사명을 완성하신 점입니다.

끝으로 예수님께서는 보혈과 생수를 흘리셨습니다.

예수님이 운명하시자 그 죽음을 확인하기 위해 '한 군병이 창으로 옆구리를 찔러 피와 물이 나오게 했다'라고 34절에 기록되어 있습니다.

이것은 하나님의 표적으로서 예수님이 죽으심으로써 우리에게 약속한 생명의 원천이 되심을 보이신 것입니다.

즉 피로 속죄를 통해 새롭게 협조하는 희생의 생명을, 물은 그 생명을 지속시키는 생수를 상징하는바, 부활절날 성찬과 세례를 통해 그 의미가 계속 전승되고 있습니다.

이상의 성경적 내용은 그 당시에도 분명히 있었고 역사적으로 존재했던 인물들이 그대로 기록됨과 그 수많은 증인들을 통해 보여주고 있습니다.

성경은 이 증인들이 그 시대를 본 그대로 기록했고 전해 온 것임에 틀림없음을 확인시켜 줍니다.

청소년 여러분들이 이 역사적 사실을 믿지 못한다면, 지금 우리들이 살아가고 있는 현실의 모든 점을 믿을 수 없을 만큼 부정적 의식이 싹트게 될 것입니다.

흔히들 예수의 십자가의 죽음을 가현적으로 주장하는 사람들은 이 사건을 한갓 연극으로 보고 있습니다.

참인간이 아닌 가면적인 예수가 허깨비로서 십자가에서 죽은 것처럼 연극을 했다는 것으로 이것을 가현설이라 부릅니다.

신은 죽을 수 없기 때문이라는 것이 이들의 주장입니다.

그러나 이것은 그리스도의 구속, 즉 인류 구원의 가장 중요한 사건을 만들고 있으며, 성경이 가장 중요한 사건으로 다루는 주님의 수난사건을 거짓으로 만드는 것은 주님의 십자가 사건을 거짓으로 오인하는 결과가 됩니다.

예수님의 십자가의 수난은 바로 예수님만이 인류의 죄를 대속할 수 있는 분임을 확인해 준 것입니다.

생명을 던지는 희생만이 새생명을 창조하는 것임을 보여주었습니다. 십자가의 사건은 예수님 생애의 클라이막스이며 인자의 사명을 완성하는 것임을 알게 하는 사건입니다.

이상과 같이 그리스도의 수난이 없이는 인류의 구원도 있을 수 없습니다.

그의 육체적 고난 없이는 부활도 없습니다. 그렇기 때문에 예수님의 육체적 고난과 부활이 역사적 사실이 아니라면 기독교는 그 존재 의미가 상실되고 말 것입니다.

그리스도의 수난은 구약의 여러 선지자들의 예언과 기자들의 증언, 그리고 당시 예루살렘과 여러 지방에서 유월절을 지키기 위해 상경했던 유대인들과 이방 사람들, 그리고 현장에 있었던 로마 병정들과 당시의 종교 지도자들, 같이 못박혀 죽은 양쪽 강도들, 십자가 뒤를 따랐던 마리아와 그 외 여러 여인들이 증인으로 나타나 있습니다.

또한 십자가 위에 히브리어·로마어·헬라어로 빌라도가 친히 '나사렛 예수, 유대인의 왕'이라고 쓴 패가 붙어 있어 지나 다니는 사람늘이 누구나 읽고 예수님의 죽음을 알 수 있도록 한 점도 중요한 일들입니다.

예수를 판 가룻유다는 양심의 가책을 받고 자살했고 남은 열한 제지들도 당시에는 공포에 질려 숨어 있었습니다.

예수님께서 부활하신 후 제자들에게 약속하신 대로 나타나신 후에야 비로소 너희가 죽인 예수는 바로 메시아였다고 확신에 찬

증언을 했던 것입니다.

그 후 12사도를 이어 속사도 교부들과 초대교회의 감독들, 그리고 교인들은 예수의 수난이 곧 우리들의 죄로 말미암아 생긴 순교로 증언했고, 이방 세계였던 로마제국을 그리스도권으로 만들었던 것입니다.

이 역사적 사실이 2,000년 동안 생생하게 남아 있는 이상 우리는 이 사실 앞에 순종하며 살아가는 것이 도리일 것입니다.

지금의 청소년 여러분들은 우주 시대를 내다보며 오늘을 살아가고 있습니다.

이러한 자리에서 그리스도의 십자가상의 죽음을 역사적 사실로 받아들이고 긍정적인 삶 속에서 승리하는 여러분들이 되시기를 주님의 이름으로 소망합니다.

예수의 마음

"형제들아 내가 이것을 말하노니 혈과 육은 하나님 나라를 유
업으로 받을 수 없고 또한 썩은 것은 썩지 아니한 것을 유업으로
받지 못하느니라."(고린도전서 15 : 50)

길이요 진리요 생명이신 예수님은 어떠한 분이었을까요?

외경에 의하면 예수님은 30세에 전도를 시작했고 십자가에 못
박혀 죽으신 것은 33세였다고 합니다. 인간의 성장기로 구분하여
살펴보면 예수님은 청년기에 자신의 인생을 마무리하셨던 것을 알
수 있습니다.

또한 예수님은 젊은 어부들과 함께 어울리기도 했으며 그의 주
위에는 실수가 많은 여인들과 죄인들이 많았음을 볼 수 있습니다.

예수님과 대화를 나누는 제자들은 솔직하고 순진해서 오늘의
우리 젊은이들도 예수와 대화를 나누는 데 별로 어려움이 없고 거
리낌이 없는 친근한 분임을 느낄 수 있을 것입니다.

예수님은 가난한 사람들, 죄인들, 깨끗하지 못한 사람들, 병든
사람들, 무기력한 사람들의 친구로서 함께 먹고 함께 마시며 함께

웃으셨습니다.

이같이 젊은이들이 스스럼없이 따를 수 있는 평범한 젊은이였습니다.

예수님은 젊은이들을 좋아했으나 부자 청년이 와서 잘난 체하면서 '나처럼 똑똑하고 율법을 잘 지킨 사람은 틀림없이 구원받지요'라고 나설 때는 그 사람의 허를 찌르곤 하셨습니다.

즉 '네가 가지고 있는 것을 팔아서 가난한 사람에게 주고 나를 따르라'면서 도전했습니다.

예수님은 환자를 고쳐 주기 위해 오셨지 건강한 사람, 훌륭한 사   , 옳다고 자처하는 자들의 잘못을 용납해 주시기 위해서 오신 것은 아닙니다.

예수님은 자기를 따르는 많은 유대 청년들과 정치·경제 이야기를 나누었습니다.

그래서 유태 나라 청년들은 예수님이 틀림없이 혁명가로서 로마제국을 뒤엎고 유태 나라를 독립시킬 것을 믿었습니다. 그리하여 새로운 통치자인 메시아가 되기를 희망했습니다.

그러나 그럴 때마다 하늘나라 정치를 말씀하셨습니다.

그러면 하늘나라 정치란 어떤 것일까요?

가난하고 배고픈 사람들, 소외된 자가 없는 나라, 자유롭고 거짓이 없는 소망의 나라를 말하는 것이었습니다.

오늘날 젊은이들은 예수님을 바라볼 때 하나님 나라를 향한 젊은 정치인으로만 보는 경우가 있습니다.

그러나 예수님이 젊은이들에게 제시한 하나님 나라의 정치를 알려면 먼저 십자가에 고난당하신 예수님의 참모습을 발견해야 합니다.

그 십자가의 고통을 느끼고 동참하는 심정을 체휼한 자라야 그리스도를 만날 수 있다는 것을 분명히 말씀하고 있습니다.

3·1독립운동이나 4·19 민중혁명 때 뜻있는 젊은이들이 분연히 일어나 나라를 구했고 희생했던 일들을 우리들은 잘 알고 있습니다.

수유리 4·19 기념탑 비문에 '해마다 4월이 오면 접동새 울음 속에 그들의 피묻은 혼의 하소연이 들릴 것이요, 봄을 선구하는 진달래처럼 민족의 꽃들은 사람들 가슴마다 되살아 피어나리라'고 새겨져 있습니다.

우리나라 민족사를 돌이켜보면 국난 극복의 역사였다고 볼 수 있습니다. 이 작은 반도에 930여 차례나 외침을 받았으니 얼마나 우여곡절이 많았겠습니까.

오늘이 있기까지에는 수많은 젊은이들의 희생이 있었습니다.

예수님이 말씀하신 하늘나라 정치를 구현코자 하는 젊은이들이 많았습니다.

거짓된 세계의 힘에 살해되었던 예수님의 죽음은 끝이 아니라 새로운 세계의 시작이며 성취였습니다. 그 성취는 바로 예수의 부활 승천이었습니다.

그리고 슬픔과 고통이 없는 해방된 새 하늘과 새 땅은 먼 미래가 아니라 현실임을 우리에게 묵묵히 깊이 있게 알려주셨습니다.

사탄의 세력과의 싸움에서 결정적으로 승리하셨고, 주의 뜻이 이 땅에 이루어지는 역사를 이루셨습니다.

모든 인간 역사는 궁극적으로 하나님 나라로 방향지워져 있고 결국 하나님 나라는 우리에게 현실로 임재할 것입니다. 다만 그리스도의 남은 고난을 그분의 자녀로서 생활에 채우는 것이 요구될 뿐입니다.

하나님 나라가 완전히 도래하지 않았을 때는 사탄과 그 세력들이 우리가 사는 현실의 어느 한 구석에서 상처입은 모습으로 유혹을 계속하고 있는 것입니다.

예수님의 부활과 재림 사이의 중간시대가 사탄의 유혹을 감래해야 하는 시기입니다. 인류 역사를 돌아볼 때 사탄과 그 세력들이 자신들의 모습을 자유자재로 변화시키는데 그 능력은 놀라울 정도입니다.

천태만상의 형태로 우리들 앞에 나타나는 사탄의 세력은 하나님으로부터 창조받은 인간성을 파괴시키는 거대한 힘으로 나타납니다.

그래서 억압과 굶주림, 신음 소리를 사람들이 일상적으로 경험하게 하며 또 괴롭고 힘든 것을 받아들이게 하고 그것으로 인하여 불평불만을 끊임없이 만들어내고 있습니다.

그러나 하나님께서는 언제 어디서 우리 인간이 상상도 할 수 없는 하나님의 방식으로 그 현장에 개입하셔서 어느 인간보다도 먼저 섭리하십니다.

해방 이후 우리나라를 지배하며 인간성을 파괴한 주범은 어느 한 개인이거나 단순한 조직이 아니라 사회구조였다고 볼 수 있습니다.

4월 혁명은 해방 이후 또다시 새로운 모습으로 등장한 사탄의 세력들과 하나님께서 하나님 방식으로 싸움을 시작하셨음을 알리는 선언이었습니다. 즉, 당시 억눌린 민중들의 해방 선언이었습니다.

새 하늘과 새 땅을 향한 출발의 자리에 서게 하는 선언이었던 것입니다.

4월에 죽은 이들은 실로 죽은 것이 아니요, 죽음의 쇠사슬을 먼저 끊고 피 묻은 혼의 소리를 외치며 우리의 가슴에서 되살아 피어나는 생명으로 새 하늘과 새 땅을 하나님께로부터 이어받은 분들입니다.

선언이 완성은 아닙니다. 사탄과 그 세력이 있는 한 언제까지라도 완성을 향해 나아가야 합니다.

하나님 나라를 향한 이 해방의 선언은 승리할 수밖에 없습니다.

하나님께서 직접 지휘하신 행진이고 예수님의 부활로 저들이 가진 최후의 무기인 죽음을 무기력하게 만드셨기 때문입니다.

4월은 만물이 소생하고 꽃이 피기 시작하는 젊음의 달입니다.

청소년 여러분들은 새로운 의지를 계속 이루어 가야 할 시기입니다.

이런 시절에 청소년 여러분은 하나님 나라를 이어받을 국민이 될 수 있을까요?

'살과 피로 된 존재로서는 하나님 나라를 이어받을 수 없고 썩은 것은 썩지 않는 것을 이어받지 못하나니'라고 하신 말씀과 같이 오직 청년 그리스도의 마음을 닮은 자가 되어야 합니다.

한국의 젊은 크리스찬은 말과 행동과 마음으로 젊은 예수를 발견하고 예수의 마음을 소유하기를 소망합니다.

젊음의 미래

"청년이여 네 어린 때를 즐거워하며 네 청년의 날을 마음에
기뻐하여 마음에 원하는 길과 네 눈이 보는 데로 좇아 행하리라.
그러나 하나님의 모든 일로 인하여 너를 심판하실 줄 알라."
(전도서 11 : 9)

젊음이란 항상 신선하고 고귀하며 무한한 가능성을 의미합니다.
그래서 러시아의 소설가 고골리가 '청년은 미래가 있다는 것만으
로도 행복하다'고 했던 것입니다.

우리는 정직하고 성실하게 곧은 마음으로 걷는 자는 앞으로 갈
수 있다는 평범한 진리를 인식해야겠습니다. 그리고 영원한 염원
이고 소망인 평화를 위해서 미흡한 인간이지만 최선을 다해 미래
를 개척, 건설해야 될 것으로 봅니다.

'세계의 종말이 명백해진다 해도 오늘 사과나무를 심을 수 있는'
사람이 되어야겠습니다.

1979년 12월 제34차 유엔총회에서는 지난 1985년을 국제 청소
년의 해로 정하여 청소년의 미래를 위해 '참여·발전·평화'라는
주제 아래 미래의 주인공인 청소년의 문제를 하나의 지구촌이 되

어 선한 곳으로 인도하자고 했습니다.

1982년 제37차 유엔총회에서는 국제 청소년의 해 설정 목표를 '청소년의 문제와 그들의 열망에 대한 세계인의 관심과 여론을 환기시키고 경제사회의 발전과 평화의 건설에 젊은이들이 보다 적극적으로 참여할 수 있도록 하기 위함'이라고 했습니다.

1975년 유엔통계에 의하면 이 지구촌의 젊은층(유엔기준으로 15세~24세)의 인구가 7억3천만 명에서 2000년에는 60% 증가하여 11억8천만 명으로 늘어날 것이라고 발표했습니다.

더욱이 증가 분포가 선진국에서는 겨우 5%인 데 비해 개발도상국에서는 80%나 된다고 합니다.

이 증가는 경제성장과 사회발전에 중대한 영향을 미칠 것이고 그에 따라 청소년 문제도 심각해질 것이 예상됩니다.

'국제 청소년의 해'를 맞이하여 유엔은 청소년들을 위해 특별사업을 권장키 위한 결의안을 채택했습니다.

그 내용을 보면 첫째, 인류 미래를 개척하는 데 젊은이들의 적극적인 참여와 새로운 국제 경제질서를 확립하는 데 기여토록 노력하고, 둘째, 젊은이들에게 인류의 결속과 인권, 인간의 기본적인 자유와 평화정신을 확산 심화시키며, 셋째, 국가건설과 국제협력 및 이해증진을 위해 젊은이들의 에너지와 창조적 능력을 최대로 활용토록 하며, 넷째, 청소년들의 욕구와 열망을 도와주며 미래세계를 위해 무엇보다 청소년 문제에 대한 협력을 증진하며, 다섯째, 국제적·지역적 또는 국가의 주요문제에 관한 연구와 결정에 있어서 젊은이들을 포함시켜 참여케 하는 것이 바람직하나.

이상의 결의안을 좀더 구체적으로 실현하고 해결키 위한 길은 무엇일까요?

성경 전도서 11장 9절에 '청년이여 네 어린 때를 즐거워하며 네 청년의 날을 마음으로 기뻐하여 마음에 원하는 길과 네 눈이 보는 대로 좇아 행하라. 그러나 하나님이 이 모든 일로 인하여 너를 심판하실 줄 알라'고 하셨습니다.

청년의 때가 긴 것이 아니라 수증기처럼 빨리 지나간다는 것을 교훈으로 주시면서 '마음에 원하는 길과 네 눈이 보이는 대로 행하라' 한 것은 풍자적인 표현입니다. 만약 그렇게 할 경우에는 하나님의 심판을 면할 길이 없음을 상기시키고 있습니다.

또 성경 시편 119편 9절 말씀에 '청년이 무엇으로 그 행실을 깨끗게 하리이까, 주의 말씀을 따라 삼갈 것이니이다'라고 했습니다.

또 16절에 '주의 율례를 즐거워하며 주의 말씀을 잊지 아니하리이다'라고 하신 말씀은 청소년 시기에 그 행위를 정결케 해야 함을 말하며 그 방법을 제시하고 있습니다.

우리들이 살고 있는 지구촌의 문제를 간단히 요약해 보면, 청소년들의 급격한 환경 변화에 대한 적응력 결여로 그들이 갖고 있는 불안의식이 사회에 대한 반항심으로 나타나고 있다는 것입니다.

여러분들의 문제를 현실적으로 해결하기 위해서는, 청소년에 대한 사회인식 부족과 환경에서 오는 사회문제를 우선 해소하고 국가와 사회 발전에 참여함으로써 세계평화의 동반자로서 책임과 사명을 다하도록 노력해야 될 것입니다.

오래 전에 미국 장로교회 총회에서는 청소년들의 참여와 훈련을 중요시했습니다.

즉 인간은 청소년기부터 집단생활 속에서 책임을 나누며 이해하는 방법을 배워 미래 사회를 담당할 수 있어야 합니다. 그러므로 준비성을 갖추어야 하고 그러한 참여 훈련은 교회생활에서부터 먼저 이루어져야 한다고 제언했습니다.

또 청소년들의 발전은 두 가지 측면으로 볼 수 있습니다.

첫째, 청소년 자신들의 능력 계발면입니다.

이 능력은 창조주 하나님이 주셨으나 계발은 청소년 스스로가 해야 합니다. 이 계발은 여러분들이 받고 있는 교육을 통해서 이루어짐을 알아야 합니다.

그러므로 청소년 시기는 교육을 받는 자로서 정신 자세와 마음 바탕, 행위가 바로 행해져야만 새롭게 성장해 가는 것입니다.

둘째는 사회경제적인 면입니다.

결국 사회 속에서 청소년들의 질과 가치를 높여 나가는 삶을 점진적으로 이루어 가야 된다고 볼 수가 있습니다.

또 평화는 인류의 과제이자 청소년들의 몫입니다. 미래 세계의 주역인 여러분들의 생존권에 관한 문제입니다.

오늘날 지구촌은 평화를 위협하는 무서운 세력 앞에 직면하고 있습니다. 그래서 앞으로 여러분들이 미래를 책임져야 할 승계세대인 만큼 우리들이 생존하고 있는 이 지구촌의 평화를 이룩해야 할 운명적인 책임이 있습니다.

긴장해소, 상호이해와 협력 등 평화운동을 전개해야 할 생존적 관계가 바로 청소년 여러분들의 과제임을 명심하고 이를 풀어 나갈 힘을 길러야 되겠습니다.

세계교회에 내하여 한국교회의 가장 큰 자랑거리 중 하나는 교회 안에 젊은 세대가 증가하고 있다는 것입니다.

서울에 있는 S교회의 경우를 보이도 1984년 한 해 동안 등록된 새로운 신자가 1200여 명이 되는데 그 중 71%인 850여 명이 19~29세의 젊은 세대로 나타났습니다.

이들이 그리스도를 알고 증인으로 성장하고 실제 교회활동에 적극 참여함으로써 사회정의 발전과 세계평화 건설의 주역이 되도록 이끌어야 할 것입니다.

기존세대는 사랑으로 지도, 인도하고 청소년 여러분들은 희생과 봉사로 밀알의 신념을 실천하는 자가 되기를 예수님 이름으로 소망합니다.

주님이 주신 성공의 열쇠

"내가 참포도 나무요 내 아버지는 그 농부라. 무릇 내게 있어 과실을 맺지 아니하는 가지는 아버지께서 이를 제해 버리시고 무릇 과실을 맺는 가지는 더 과실을 맺게 하려 하여 이를 깨끗게 하시느니라.

너희는 내가 일러준 말로 깨끗하였으니 내 안에 거하라.

나도 너희 안에 거하리라.

가지가 포도나무에 붙어 있지 아니하면 절로 과실을 맺을 수 없음같이 너희도 내 안에 있지 아니하면 그러하리라.

나는 포도나무요 너희는 가지니 저가 내 안에 내가 저 안에 있으면 이 사람은 과실을 많이 맺나니 나를 떠나서는 너희가 아무것도 할 수 없음이라.

사람이 내 안에 거하지 아니하면 가지처럼 밖에 버리워 말라지나니 사람들이 이것을 모아다가 불에 던져 사르느니라.

너희가 내 안에 거하고 내 말이 너희 안에 거하면 무엇이든지 원하는 대로 구하라. 그리하면 이루리라."(요한복음 15 : 1~7)

만물은 뿌리가 있고 그 뿌리를 통해서 성장하는 것을 볼 수 있습니다. 속리산에 가면 입구에 정이품 소나무가 웅장하고 정아한 자태로 속리산을 찾아온 등산객들을 반갑게 맞이하며 서 있는 것을 볼 수 있습니다.

그래서 이 소나무는 사람보다 더 귀한 벼슬을 하고 있고, 국가에서는 천연기념물로 지정하여 보호하고 있습니다.

식물에 불과한 소나무가 뿌리를 내리고 가지와 함께 잘 성장하여 뭇사람들의 마음에 감화와 풍요를 주고 있습니다. 때문에 인간들의 찬사를 받아 벼슬도 하고 몇백 년간 변함없이 자기의 아름다움을 뽐내고 있는 것입니다.

성경 말씀에 예수님께서 '나는 포도나무요 내 아버지는 농부라' 하시고 '가지가 열매를 맺지 않으면 잘라 버려야 된다'고 말씀으로 비유하셨습니다.

농부가 과실나무를 심어 일정 기간이 경과되면 틀림없이 열매를 얻으리라는 기대와 희망으로 때를 맞추어 비료도 주고 김도 매주며, 가지도 쳐 주고 농약을 주면서 온갖 정성을 다해 노력하는 것을 볼 수 있습니다. 그래야만 농부가 원하는 수확을 얻게 됨과 같습니다.

예수님께서 말씀하신 대로 농부인 하나님께서는 인간의 존엄성을 인정하시고 고귀한 의미를 포함해서 인간을 태어나게 하십니다. 그리고 하나님 뜻대로 성장되게 최선의 노력을 하게 됩니다. 그러므로 인간은 자기의 달란트로 하나님께서 원하시는 열매를 맺을 수 있도록 주어진 여건 속에서 최선을 다해야 됩니다.

예수님께서 '내가 일러준 말로 이미 깨끗하였으니 내 안에 거하라. 나도 너희 안에 거하리라' 하셨습니다.

이는 예수님께서 우리에게 무엇을 일러주신 말씀일까요?

인류를 구원하시고 영생으로 인도하신 성경의 말씀대로 믿으면 우리의 지은 죄가 깨끗해지고 예수님과 함께 거하게 된다고 하셨습니다.

인간은 이 세상을 살아가면서 자신이 가장 원하는 동반자를 찾고 싶어합니다. 만약 동반자가 없는 사람은 고독하고 쓸쓸함으로 인해 스스로 자멸하고 마는 것을 주위에서 얼마든지 찾아볼 수 있습니다.

그리고 인간 대 인간의 사회에서는 불신과 배신 등이 있어서 참 믿음을 찾기가 어렵습니다. 그러므로 영원 불멸이고, 우리들을 어두움에서 밝은 곳으로, 슬픔에서 기쁨으로, 미움을 사랑으로, 다툼을 용서로, 절망을 희망으로, 죽음에서 영생으로 이끄는 예수 그리스도를 믿어야만 합니다. 믿고 그 말씀대로 살면 틀림없이 만사가 감사로 채워질 것이고 모든 일이 형통할 것입니다.

인생의 준비생인 여러분들이 예수 그리스도를 동반자로 맞이한다면 모든 일이 순조롭게 이루어짐을 보게 될 것입니다. 그리고 매일 매일 승리하는 생활이 연속될 것입니다.

더러운 연못을 깨끗하게 해 주는 생수와 같이 죄로 오염된 사회를 맑게 정화시키는 역할로서 '내가 일러준 말로 이미 깨끗하였으니' 하신 뜻을 믿으시기 바랍니다. 가지가 포도나무에 붙어 있지 아니하면 생존도 할 수 없고 과실도 맺을 수 없습니다.

그러나 포도나무에 붙어 있을 때에는 포도나무가 가지에게 주는 중요함을 모르고 있음을 우리는 압니다.

마치 사람이 공기가 없이는 살 수 없으면서도 공기의 중요성을 모르고 살아가는 것과 같습니다. 물고기가 물을 떠나서 살 수 없는 것처럼 인간은 창조주의 뜻을 떠나서는 살아갈 수가 없습니다.

예수님께서 '사람이 내 안에 거하지 아니하면 가지처럼 밖에 버리워 말라지나니, 사람들이 이것을 모아다가 불에 던져 사르느니라' 하신 말씀 속에서 사람이 살아가는 방향을 제시받으며, 물고기가 물 속에서 사는 것같이 인간들도 창조주가 만들어 놓은 자연 안에서 자연을 아끼며 살아가야 됨이 하나님의 법적인 것입니다. 그렇기 때문에 우리들은 하나님의 말씀 안에 거해야 합니다.

여러분들은 불에 던져지는 대상이 되기를 원하십니까? 그렇지 않으면 하나님의 말씀 위에 기초를 세우고 살아가십시오.

또 예수님께서는 '나와 네가 하나가 될 때 새롭고 위대한 목표에 도달할 수 있게 된다'고 말씀하셨습니다.

등산가가 산을 오를 때는 힘든 고통을 참고 꾸준히 오르면 언젠가는 정상을 정복할 수 있다는 희망으로 오르는 것입니다. 그리고 정상에 도착한 순간의 쾌감은 본인 아니고는 아무도 느낄 수 없습니다. 하나님의 말씀을 믿고 실천함으로써 승리하는 사람들의 마음 역시 체험한 본인 외에는 아무도 모르는 것입니다.

예수님께서 '무엇이든지 원하는 대로 구하라. 그리하면 이루리라' 하신 말씀은 예수님과 하나가 되는 성령의 역사가 이루어질 때 모든 일이 가능해진다는 것입니다.

한 인간이 성공하려면 다음의 네 가지가 이루어져야 성공할 수 있다고 합니다.

첫째는 용기요, 둘째는 '지' 즉 아는 것이요, 셋째는 '덕', 넷째는 운이 있어야 한다고 합니다.

여기서 '운'이란 하나님의 뜻이라고 봅니다.

만약 마지막 운이 하나님과 일치할 때 성공할 수 있다면 여러분은 과연 어떻게 하시겠습니까?

하나님의 품안에 거할 때 성공의 열쇠가 여러분의 것이 될 것을 믿으시기 바랍니다.

기다림에 대한 주님의 약속

"사도와 같이 모이사 저희에게 분부하여 가라사대 예루살렘을 떠나지 말고 내게 들은바 아버지의 약속하신 것을 기다리라. 요한은 물로 세례를 베풀었으나 너희는 몇 날이 못 되어 성령으로 세례를 받으리라 하셨느니라."(사도행전 1 : 4~5)

인간은 환경의 변화에 적응하면서 살아가고 있기 때문에 항상 새로운 변화를 추구하며 노력하고 있습니다.

영국의 시인 베일리는 '가장 많이 생각하고 가장 고상한 것을 느끼는 사람이 최선의 행동을 한다'고 했습니다.

더욱이 청소년 여러분들은 스스로 새로운 계획을 세워 알차게 전진하는 사람이 되어야겠습니다. 아무런 계획 없이 시간만 낭비하면서 무의미하게 생을 살 수는 없지 않습니까.

5월은 정말 좋은 계절입니다. 온 천지가 싱그러움을 자랑하는 청소년의 계절입니다.

여러분들을 위한 가장 좋은 달 5월, 지금 이 순간 한 해의 중간 지점에서 한 번쯤 자신을 돌이켜보고 '자기'라는 거울에 스스로를 비추어 보기 바랍니다.

성경 말씀에 다음과 같이 기독교에 대해 말하고 있습니다.

첫째, 약속과 성취의 종교입니다.

둘째, 다시 오실 예수를 기다리는 기다림의 종교입니다.

언젠가 요한 바오로 2세가 우리나라를 방문했을 때 행한 모든 일들을 각종 매스컴을 통해서 보고 종교의 위대함을 느꼈을 것입니다.

이 땅에 복음의 씨를 전하고 200여 년 만에 처음 오신 교황입니다. 기다리던 교황을 만난 사람들의 기쁨과 감격은 참으로 컸습니다. 교황께서 주신 사랑의 참의미도 알았을 것입니다.

이것이 어디서 나온 것이며 누구로부터 온 것입니까?

인간 교황으로부터 온 것이 아니라 오직 한 분이신 하나님의 사랑과 말씀으로부터 온 것임을 알아야 합니다.

사도행전 1장과 2장을 보면 '기다림과 약속'에 관한 말씀이 있으며 이 말씀이 이루어짐을 볼 수 있습니다.

조그만 꽃 한 송이도 때가 되어야 피어나는 것같이 만사가 기한이 있고, 때가 있어 모든 여건이 갖추어질 때 성취되는 것입니다.

그런데 현대사회에 살고 있는 청소년들은 무엇이 그렇게 급하고 바쁜지 때를 기다리지 않고 바로 열매를 구하려고 하는 것을 볼 수 있습니다.

현대사회는 문화가 고도로 발달되어 있기 때문에 인스턴트시대라고도 합니다. 인스턴트 시대에 살고 있는 청소년들은 인스턴트 식품을 먹어서 그런지 몰라도 의식이 너무 성숙하여 빨리 늙어 버린 듯한 느낌이 듭니다.

어느 학자는 현대사회의 청소년의 특징을 첫째는 '탈선'이고, 둘째는 '폭력'이고, 셋째는 '단절'이라고 했습니다.

탈선이란 기차가 달리던 궤도를 벗어나는 것입니다.

이는 청소년들이 쉬어 갈 곳이 마땅치 않기 때문에 오래 달리는 기차가 무리해서 탈선하는 것같이 청소년 여러분들의 정거장이 없기 때문에 나온 말이라고 생각합니다.

만약 여러분들이 쉬어 갈 곳이 오락실이나 당구장, 디스코장이 된다면 여러분의 장래는 물론 나라의 장래까지 어두워지게 됩니다. 그러면 청소년의 정거장은 어디일까요?

그곳은 바로 정신의 안정과 영원한 삶을 찾을 수 있는 하나님의 집이신 교회가 되어야 될 것으로 생각합니다.

폭력과 단절은 너무나 무서운 독소입니다. 그러나 화해는 우리 인간을 더욱 위대하게 만드는 길이며, 인간이 요구하는 사랑의 샘이며 평화를 이루는 길임을 명심해야겠습니다.

그리고 현대사회에 살고 있는 청소년의 특징이 탈선과 폭력, 단절이 되어서는 절대 안 되겠습니다.

어느 철인의 예화입니다.

하루는 자기 문화생을 찾아갔더니 큰 쇠뭉치를 가지고 계속 용광로에 넣었다가는 꺼내서 두들기는 것을 보고 무엇을 하려고 그런가 하고 물었더니 '바늘 하나를 만들기 위해서입니다'라고 대답했다고 합니다.

큰 쇠망치로 바늘을 만들기 위해 참고 노력하는 자세를 현대 사회에 살고 있는 청소년들은 숙고하기 바랍니다.

예수님께서는 30년 동안 목수생활을 하면서 때를 기다리셨으며, 3년의 공생애를 통해 인간으로는 견디기 힘든 십자가에 못박히는 고통을 참아내시지 않으셨습니까?

모세도 40년의 광야생활을 하면서 때를 기다렸으며, 다니엘도 때가 차기를 기다렸습니다.

과거 위대한 지도자들의 생활을 보면 고통을 참고 기다렸기에 성공했음을 볼 수 있습니다.

일제 36년이란 긴 세월 동안 나라의 독립을 걱정하면서 수많은 고난을 감내했던 독립투사들이 있었기에 오늘의 대한민국이 있는 것입니다.

예수님께서 제자들에게 예루살렘을 떠나지 말라고 하신 이유는 기도하라는 명령이십니다. 인간이 무슨 일을 성공하기 위해서는 99%의 노력이 있어야 하고 마지막 1%는 하나님께서 도와주셔야 100% 성공할 수 있다는 것을 믿고 기도하셔야 합니다.

둘째는 '기다리라'는 뜻입니다.

예수님께서 하늘나라로 올라가신 것같이 또 오실 때를 알고 꾸준히 참고 기다린 제자는 다시 예수님을 만날 수 있다는 약속을 해 주신 것입니다.

더구나 마지막 시대에 살고 있는 청소년 여러분들은 언제나 예수님을 만날 수 있습니다.

기다림에 대한 주님의 약속을 기대하십시오. 그러면 주님께서는 반드시 우리에게 약속하신 성령을 선물로 내려주시리라 믿습니다.

성령의 바람

"오순절날이 이미 이르매 저희가 다같이 한 곳에 모였더니 홀연히 하늘로부터 급하고 강한 바람 같은 소리가 있어 저희 앉은 온 집에 가득하며 불의 혀같이 갈라지는 것이 저희에게 보여 각 사람 위에 임하여 있더니 저희가 다 성령의 충만함을 받고 성령이 말하게 하심을 따라 다른 방언으로 말하기를 시작하니라."

(사도행전 2 : 1~4)

오순절의 절기는 유대인의 4대 명절 중 하나입니다.

이 절기는 그리스도 부활의 모형이 되는 초실절로부터 50일째 되는 날이며, 밀의 추수를 기념하는 날입니다.

세계교회가 5월중 오순절의 성령 강림 주일을 지키는 것은 이 때문입니다.

성령이 임하기를 기원하며 그 능력으로 새롭게 거듭나는 삶을 살기를 원하는 것입니다.

말씀 내용에 '바람이 급하고 강하게 불어 온 집에 가득 차고 불의 혀 같은 것이 모여 있는 모든 사람 위에 임하였고, 모여 있는 무리가 성령의 충만함을 받고 방언하기 시작했다'고 했습니다.

이 말씀은 오순절날 추수한 기쁨과 그 감사한 마음을 진실로 하나님께 기도드렸다는 말입니다. 그때 하나님께서 성령을 강림하게 하시고 모여 있는 무리들이 자기들의 언어로 하나님의 뜻을 받아 전달하게 되었다고 말입니다.

우리가 알고 있는 대로 바람에는 여러 가지 종류가 있습니다.

현대사회에 불고 있는 바람은 늘 새롭게 창조되어 하루가 다르게 변화되고 있음을 잘 알고 있습니다.

과거에 과외수업이 성행했을 때는 과외 바람이 일었고, 그 후 학부모들이 학교를 자주 찾아다녀 생기는 치맛바람이 일어난 일도 있고, 또 춤바람이나 계바람으로 가정이 파탄된 일도 있음을 보도를 통해 알고 있는 사실입니다.

요즈음 대학사회에서는 극소수이지만 데모바람이 불어 학문 연구에 전력을 쏟아야 할 시기에 불필요한 일들로 정력과 시간을 소모시키고 있습니다. 뿐만 아니라 젊음의 충만한 힘을 인생 발전의 원동력으로 사용치 않고, 차가 속에 사로잡혀 누수현상을 가져오는 젊은이들이 없지 않다는 사실입니다.

그래서 송나라 유학자 주자는 '오늘 배우지 아니하고 내일이 있다고 말하지 말라'고 했던 것입니다.

바람이란 시대적 배경 속에서 창조되며 이 창조된 바람이 우리 인간들에게 유익할 수도 있고 무익할 수도 있다는 것입니다.

예를 들면, 우리나라가 일제 치하에 있을 때 나라를 걱정한 애국시민들이 모여서 일으킨 3·1운동 바람은 정말로 그 당시에 꼭 필요한 바람이었습니다.

이와 같이 시대적 국민적 요청에 맞는 바람은 가장 합리적이고 순리의 원칙에 맞는 것이라야 될 뿐 아니라 그 시대를 살아가는 인간들에게 유익한 바람이 되어야 하는 것입니다.

작금의 우리나라 실정은 분단으로 휴전선 주변에는 24시 충돌의 가능성을 안고 있는 불안하고 긴장된 정세입니다.

이때 미래의 청소년들이 일으킨 바람은 학문 증진의 바람이 되어야 되겠고, 어른들 사회 즉 지도자들을 믿는 바람이 되어야 될 것입니다.

하나님 말씀에 '성령이 나에게 임하기를 바란다면 갓난아이와 같은 믿음을 가져야 된다'고 했습니다.

우리가 살고 있는 사회는 인간들이 모여서 대화하며 창조하면서 살아가고 있는 사회이니만큼 인간들 사이에 믿음의 참신앙이 없이는 절대적으로 밝은 사회가 될 수 없습니다.

프랑스의 유명한 철학자 사르트르는 철저한 무신론적 실존주의자였습니다.

그런데 1945년 미국에 초청되어 무신론 이론을 강의하기 위해 배를 타고 가던 중 태평양에서 큰 폭풍우를 만났습니다. 그래서 배가 침몰될 위기까지 이르렀습니다.

이때 선장이 배에 탄 모든 사람들에게 지시하기를 '여러분! 신에게 기도하시오'라고 크게 외쳤습니다.

1층에 앉아 있던 사르트르는 일어서면서 '하나님이시여, 당신이 정말로 계시다면 이 폭풍을 잠자게 하여 주십시오. 그러면 세가 미국에 무신론을 강의하려고 가는 중이나 미국에 가서 신의 존재함을 간증으로 증거하면서 당신을 섬기겠습니다'라고 크게 외쳤습니다. 그랬더니 그 이후 폭풍이 거짓말같이 잠잠해졌다고 힙니다.

그래서 사르트르는 바다 위에서 하나님이 계시다는 것을 확신하고 미국에 들어가 열광적으로 하나님의 존재를 증거하면서 강의를 했다고 그의 자서전에 기록하고 있습니다.

여러분 중에서도 이 순간 신의 존재를 의심하고 있는 분은 안 계신지요?

현대사회는 불안한 사회요, 내일의 일을 알 수 없는 위험이 도사리는 사회임에 틀림없습니다.

이런 사회 속에서 우리들은 생존을 위해 노력하고 있습니다.

이때 우리들은 어떻게 해야 될까요?

우선 성경 말씀을 믿고 감사하는 생활을 해야 합니다.

우리나라보다 선진국인 많은 나라의 사람들이 하나님의 존재를 믿고 이로 인해 성령을 받아 그 권능으로 다른 나라 사람들에게 전도했다는 사실은 엄연한 현실입니다.

미래의 세계는 더욱 복잡해질 수밖에 없습니다.

그런 사회에서 주도적 역할을 하기 위해서는, 무신론자인 사르트르가 하나님의 큰 존재를 확인하고 증거했던 것같이, 여러분들의 가슴속에 성령의 바람이 불어오도록 마음의 문을 활짝 열고 하나님을 영접하여 거듭나는 사람이 되어야 합니다.

사도행전 2장 38절에 '베드로가 가로되 너희가 회개하여 그리스도 이름으로 세례를 받고 죄사함을 얻으라. 그리하면 성령을 선물로 받으리니' 하신 말씀을 믿고 진심으로 기도드린다면 주님께서는 청소년 여러분들의 미래를 약속하고 축복을 내려 주시리라 믿습니다.

천국에서 큰 자

"그때에 제자들이 예수께 나아와 가로되 천국에서는 누가 크
나이까. 예수께서 한 어린 아이를 불러 저희 가운데 세우시고 가
라사대 진실로 너희에게 이르노니 너희가 돌이켜 어린아이들과
같이 되지 아니하면 결단코 천국에 들어가지 못하리라. 그러므
로 누구든지 이 어린아이와 같이 자기를 낮추는 그이가 천국에
서 큰 자니라.

또 누구든지 내 이름으로 이런 어린아이 하나를 영접하면 곧
나를 영접함이니 누구든지 나를 믿는 이 소자 중 하나를 실족케
하면 차라리 연자 맷돌을 그 목에 달리우고 깊은 바다에 빠뜨리
우는 것이 나으리라.

실족케 하는 일들이 있음을 인하여 세상에 화가 있도다. 실족
케 하는 일이 없을 수는 없으나 실족케 하는 그 사람에게는 화가
있도다."(마태복음 18 : 1~7)

우리들 주변은 온통 푸르름으로 가득 차 있으며, 날씨가 점점
더워짐에 따라 많은 자연의 변화를 느끼게 됩니다.

또 하룻밤만 자고 나면 무럭무럭 성장하는 식물들을 볼 수 있습
니다. 이렇듯 사연은 신리 그 사체이기도 합니다. 그래서 프랑스의
사상가 파스칼은 '자연은 그 모든 진리를 각각 그 자신 속에 간직
하고 있다'고 했습니다.

　내일의 주인공인 청소년들을 보다 알차고 보람 있게 키우고자 어른들은 주어진 여건 속에서 최선을 다하려고 여러 모로 노력하고 있습니다.

　5월은 어린이들을 잘 키워 보자고 다짐하는 달이고, 청소년들을 올바로 인도하고 성장 발전시키기 위해서 어른들이 새롭게 결심하는 달입니다.

　이 5월을 통해서 어린이들과 청소년들은 새롭게 거듭나고 어른들도 과거 어린시절을 돌이켜보고 지금의 위치에서 재반성하고 새롭게 그 위치를 조명하는 달임에 틀림없습니다.

　이러한 사회적인 배경과 역사적 흐름 속에서 작금의 청소년들을 어떻게 겸손하고 참되게 순수성을 잃지 않는 인간으로 만드느냐가 현시대의 소명이라 해도 가히 잘못이 없을 것으로 사료됩니다.

　본문 말씀을 살펴보면, 1절에 예수께서 가버나움에서 돌아오실 때 제자들끼리 ‘누가 높으냐’로 다투는 일을 생각하시면서 말씀을 하셨습니다.

　2~4절에는 제자들에게 교훈으로 남기기 위해서 한 어린아이를 불러 제자들 가운데 세우고 ‘진실로 너희에게 이르노니 너희가 돌이켜 어린아이와 같이 되지 아니하면 결단코 천국에 들어가지 못함’을 분명히 하신 점입니다.

　그리고 누구든지 어린아이같이 자기를 낮추는 이가 천국에 들어갈 수 있고, 천국에서 큰 자가 됨을 말씀해 주셨습니다.

　즉 예수님께서는 어린아이를 통하여 천국에 들어갈 자격을 가르치셨습니다. 그러면서 자기가 지은 죄로부터 적극적이고 자발적인 전환을 강력히 요구했습니다.

또 신뢰감과 솔직함과 배움에 열의가 많은 어린아이와 같이 스스로 낮추는 자만이 더 큰 것을 가질 수 있음을 분명히 하셨습니다.

하나님께서 인간에게 주신 순진과 순종 없이는 예수님을 마음속에 모실 수 없음을 의미한 것입니다.

이것은 어린아이들의 지식이나 지혜를 비유한 것이 아니고, 신뢰의 본성을 강조한 것입니다.

그리고 5절~6절에 누구든지 어린아이나 어린아이 같은 성도를 낙심케 하면 영적으로 그리스도의 극렬한 심판을 받을 것도 예고하셨습니다.

그만큼 주님은 그를 따르는 성도들을 사랑하셨습니다. 그리고 '누구든지 나를 따르는 자 하나라도 실족케 하거나, 죄에 빠지게 하면 화를 만난다'고 했습니다.

이상의 말씀을 오늘에 사는 청소년들은 진실되게 받아들이고 소화하여 자양분으로 삼아 자기 발전과 나아가서는 인류공영에 이바지할 길을 찾아야겠습니다.

과학문화가 발달하고 인류사회가 다변화되면서 청소년 문제가 더욱 큰 사회문제로 대두되고 있는 것을 청소년들은 의미심장하게 접수하고 이를 새로운 차원으로 승화 발전시켜 '나'라는 개체부터 문제가 없는 한 인간으로 성장하기끔 노력해야 될 것입니다.

그러면 우리 청소년들의 자세는 어떠해야 될까요?

첫째로 겸손한 자가 되어야 합니다. 자고로 인간의 됨됨은 그 사람의 몸가짐에서 알 수 있다고 했습니다.

성경 시편 131편 2절에 '실로 내가 내 심령으로 고요하고 평온케 하기를 젖 뗀 아이가 그 어미 품에 있음과 같게 하였나니, 내

중심이 젖 뗀 아이와 같도다' 했습니다.

천진난만한 아이가 어미의 품에 있을 때를 상상해 보십시오.

그래서 청소년 여러분들이 문제점을 만드는 사람이 되지 않으려면 마음가짐을 겸손하게 가져야 합니다.

또 누가복음 18장 16절에 '예수께서 그 어린아이들을 불러 가까이 하시고 이르시되 어린아이들이 내게 오는 것을 용납하고 금하지 말라. 하나님 나라가 이런 자의 것이니라' 하신 점만 보아도 주님의 중심철학을 알 수 있습니다.

청소년 여러분들이 성장하고 있는 사회가 여러분의 눈에 합당치 않고 마음에 들지 않더라도 어린아이의 마음과 같이 순진하고, 겸손한 마음으로 모든 문제를 받아들여야 합니다. 그리고 여러분들의 세대에 맞게끔 용해해서 침전된 것은 찌꺼기로 버리고 꼭 필요하고 요긴한 것만 흡수하여 변화되고 성장 발전하는 것이 바람직한 길입니다.

베드로전서 2장 2절에 '갓난 아이들같이 순진하고 신령한 젖을 사모하라. 이는 이로 말미암아 너희로 구원에 이르도록 자라게 하려 함이라' 하신 말씀에서도 어린아이의 겸손된 마음의 중요성을 말해 주고 있습니다.

둘째는 모든 일에 신뢰성을 가져야 합니다.

히브리서 11장 6절에 '믿음이 없이는 기쁘시게 못하니 하나님께 나아가는 자는 반드시 그가 계신 것과 또한 그가 자기를 찾는 자들에게 상 주시는 이심을 믿어야 할지니라' 하신 말씀을 긍정적으로 받아들여야 합니다.

신뢰의 중요성은,

첫째, 인간들의 승리의 보증을 말해 줍니다.

둘째, 인간들의 발전의 기본적 의무입니다.

셋째, 모든 것을 방어하는 무기가 될 수 있습니다.

넷째, 인간이 발전 성장하는데 필수적 요소이고 꼭 필요한 자세가 되는 것입니다.

다섯째, 사랑과 연합할 수 있는 촉매제가 되는 것입니다.

사회가 고도로 발달할수록 개체의 독립성이 두드러져 이기주의와 개인주의, 개체의 욕구 등으로 점점 사회가 메말라지고 사랑이 결핍되어 가는 오늘날입니다.

청소년들이 살고 있는, 아니 살아가야 할 미래사회는 믿음으로 따뜻하고 훈훈하며 만사가 사랑과 화합으로 해결될 수 있습니다. 그러므로 이를 배척하거나 거부하고 부정적으로 받아들일 아무런 이유가 없습니다.

그러므로 우리들은 하나님을 어린아이와 같이 순진하게 믿어 하늘나라에서 큰 상금을 받는 사람들이 되어야겠습니다.

기뻐하는 삶

"너희 순종함이 모든 사람에게 들리는지라. 그러므로 내가 너희를 인하여 기뻐하노니 너희가 선한 데 지혜롭고 악한 데 미련하기를 원하노라."(로마서 16 : 19)

위 말씀에서 우리가 명심해야 할 부분은 순종하는 마음을 갖고 선한 데 지혜를 짜내 모든 사람들에게 기쁨을 주는 생활을 해야 한다는 것입니다.

그리스의 철인 헤라클레토스는 '지혜를 갖는 것은 가장 큰 덕이며, 지혜란 사물을 본성에 따라 이해하고 진실을 말하고 행하는 것'이라고 했습니다.

순종과 선한 지혜는 어떻게 연관지을 수 있을까요?

제가 알고 있는 한 장군의 공부하던 시절의 이야기입니다.

그의 부모님께서는 자녀들을 한결같이 잘 키워 보겠다는 염원으로 성장시켰습니다. 그리하여 비록 가진 것은 없지만 공부하는 자녀들만은 부모님께 순종을 잘 했다고 합니다.

집안 형편상 고등학교 시절 친구의 집에서 그를 도우면서 공부를 할 수밖에 없었다고 합니다.

그런데 밤에 전깃불을 켜고 공부하는데 남의 집 전기를 밤새도록 쓸 수가 없어서 저녁 늦게까지 친구와 같이 공부하다가 잠잘 때쯤 되면 불을 끄고 혼자서 화장실로 가서 그곳에서 불을 켜고 공부를 했다고 합니다.

그러던 어느 날, 집 주인이 한밤중에 화장실에 갈 일이 있어서 갔다가 그곳에서 아들의 친구가 책을 펴고 공부하는 것을 알았습니다.

물론 그의 아들도 대학에 갔고, 또 화장실에서 밤을 지새며 공부하던 그 학생은 사관학교에 입학하여 지금은 별을 단 장군이 되었다고 들었습니다.

얼마나 마음 훈훈한 이야기입니까. 바로 이러한 사람을 가리켜 부모님께 순종하고 선한 데 지혜를 모아 많은 사람들에게 기쁨을 안겨 준 사람이라 할 수 있습니다.

자녀들이 부모에게 순종하는 일은 다른 일이 아닙니다. 현재 처해 있는 자신의 일을 철저히 시행할 때 그것이 바로 부모님께 순종했다고 말할 수 있습니다.

프랑스의 소설가 앙드레 지드는 '순종과 규율 없이는 결코 위대한 사람이 될 수 없다'고 했습니다.

요즈음 부모들은 자녀들의 덕을 보려고 사는 사람이 별로 없습니다. 다만 있다면 자녀들이 하고 있는 일에 충실했으면 하는 바람일 것입니다. 그것이 바로 부모님께 순종하고 효도하는 일입니다.

그러한 자녀들은 자연히 선한 곳에 지혜를 모으기 때문에 그 선한 일로 인하여 보는 사람들에게 기쁨을 줍니다.

성경 말씀에 '악한 데 미련하기를 원하노라' 했습니다.

악한 것은 기쁜 소식을 줄 수 없으므로 악한 일에 대해서는 미련하라는 애기입니다.

왜 악한 일에 대해서 미련하기를 바랄까요?

경상북도 청송 제2 감호소에서 목회하시는 목사님의 이야기입니다.

청송 제2 감호소에 오는 사람은 어떤 사람이냐고 여쭈어 보았더니 인간 재기불능자가 온다고 했습니다.

인간 재기불능자란 어떤 사람일까요?

그들은 사회에서 악한 일만 도맡아 했던 사람들, 법에 의해 벌을 받고 교도소나 구치소에 갔다 왔음에도 불구하고 반성하지 아니한 채 또 범죄한 사람들입니다. 그것도 2번, 3번까지는 용서해 주지만 그 이상 범죄가 누적된 사람들은 아예 격리시켜 청송 감호소로 보낸다고 합니다.

인간 쓰레기가 여러분 옆에 있다고 가정해 봅시다. 아마 단 한 시간도 그 곁에서 살 수 없을 것입니다.

우리가 악을 취해 쓰레기 같은 인생이 되기보다는 선을 행함으로써 모든 사람들을 기쁘게 할 수 있는 일에 지혜를 갖고 산다면 우리 사회가 더욱 밝아질 것입니다.

사랑하는 청소년 여러분! 인생의 쓰레기가 되어 사회로부터 격리된 생활을 한다면 그 이상 슬픈 일이 또 어디에 있겠습니까?

이제 우리는 부모에게 순종하고, 또 이 순종이 바로 여러분들이 살아가는 데 선한 지혜가 된다면 진실로 기쁜 일이 되지 않겠습니까?

그래서 우리의 생각이 악한 일에는 미련하고 바보 천치가 된다 할지라도 선한 일에만은 일보의 양보 없이 매진해야겠습니다.

잠언서 24장 1절에 '너희는 악인의 형통을 부러워하지 말며 그와 함께 있기를 원하지 말지어다'라고 했습니다.

사람들은 악한 방법으로 잘 되는 모습을 보고 그 악한 것을 부러워하는 습성이 있습니다.

그래서 잠언 기자는 그와 함께 있는 것도 원치 말라고 한 것입니다. 또 잠언 기자는 '지혜 있는 자는 강하고 지식 있는 자는 힘을 더하나니'라고 했습니다.

즉 선한 데 지혜를 쓰는 자는 강해지고 또 힘을 더해 줍니다.

청소년 여러분! 힘을 구하고 지혜를 구하기를 원한다면 게으르고 나태하고 안일한 악에서 떠나 자신이 처해 있는 삶의 현장에서 충실하십시오. 그러면 하나님께서 더없는 축복을 주실 것입니다.

참된 제자

"그러므로 예수께서 자기를 믿은 유대인들에게 이르시되 너
희가 내 말에 거하면 참 내 제자가 되고 진리를 알지니 진리가
너희를 자유케 하리라."(요한복음 8 : 31~32)

스승이 있기에 제자가 있는 것입니다. 이러한 스승과 제자 사이
에 이루어진 창조적인 힘이 자신은 물론 가정과 사회, 나아가 국가
를 발전시키는 원동력이 됩니다.

그런데 언제부턴가 우리 사회에 스승과 제자 사이에 신뢰와 사
랑이 뿌리내리지 못하고 불신풍조가 싹트게 되었습니다. 이러한
현실을 보다 못한 뜻있는 사람들이 풍토를 개선하기 위해 최선을
다해 노력하고 있음을 볼 수가 있습니다.

위의 내용을 살펴보면 참된 제자로 존속하고 죄에서 해방되기
위해서는 주의 말씀 안에 거해야 한다는 것이며 죄를 범하는 자마
다 죄의 종이 된다는 것입니다.

그리고 여기서 말하는 진리는 우주와 영혼 그리고 육체와의 관
계 등에 대한 영리주의적인 진리가 아니라 신적 계시를 말하고 있

습니다.

이 진리는 죄와 질병과 이생의 모든 저주로부터 자유를 얻는 비결입니다.

예수님께서는 이러한 저주들로부터 인간을 해방시키기 위해 십자가 위에서 돌아가셨습니다.

현재의 위치에서 우리 다같이 새로운 제자상을 정립해 보는 시간을 가짐이 좋을 듯합니다.

옛날에는 선생님을 모시고 공부를 하면 선생님의 은혜가 노래처럼 '바다보다 깊고 하늘보다 높은 것'으로 알고 배우고 느꼈습니다. 그래서 이것을 행동철학으로 옮겼고 실천했던 것입니다.

그런데 근래에 와서 '학교는 많으나 참된 교육기관이 없고, 학생은 많으나 참된 제자가 없고, 선생은 많으나 참스승이 없다'라는 서글픈 말이 공공연히 떠돌고 있습니다.

왜 이렇게 되었을까요?

지금 가르침을 받는 위치에 있는 청소년 여러분들은 미래의 지도자로서 자세를 정립하고 새롭게 거듭날 수 있는 기회를 가져야 되겠습니다.

그러면 참된 제자가 되는 자격을 함께 생각해 봅시다.

첫째, 자기를 부인하고 십자가를 져야 됩니다.

마태복음 16장 24절에 '예수께서 제자들에게 이르시되 아무든지 나를 따라오려거든 자기를 부인하고 자기 십자가를 지고 나를 좇을 것이라'고 했습니다.

여기서 자기를 부인하라는 말은 우리 자신이 죄와 파멸, 죽음으로 묶여 있는 것을 자각해야만 그리스도가 우리 속에 들어오신다는 것입니다. 즉 자신을 위해 사는 것보다 희생과 봉사를 자신의 밑거름으로 만들어야 된다는 것입니다.

둘째로 선생님을 스승으로 아는 자가 되어야 합니다.

요즈음 청소년들은 선생님을 하나의 지식을 팔고 있는 장사꾼 정도로 보는 자들이 많다고 합니다. 과거에 서당에서 공부할 때는 선생님의 회초리를 사랑의 회초리로 생각했을 뿐 아니라 이 세상에서 선생님만큼 훌륭한 분이 없다고 생각했습니다.

예수님께서도 누가복음 14장 33절에 '너희 중에 누구든지 자기의 모든 소유를 버리지 아니하면 능히 내 제자가 될 수 없다'고 하신 것처럼 참된 제자가 되는 길이 결코 쉬운 일이 아님을 말해 주고 있습니다.

그러나 또 어려운 일도 아님을 청소년들은 알아야 되겠습니다. 농부가 밭에 곡식을 심었을 때 콩 심은 데서 콩이 나고 팥 심은 데서 팥이 나는 평범한 진리를 생각해 봅시다.

이 진리처럼 청소년 여러분들이 미래 사회의 참스승이 되려면 먼저 참제자로서 스승을 섬기는 일이 중요합니다.

셋째, 고마움을 아는 자가 참된 제자가 될 수 있습니다.

성경 요한복음 8장 31절에 '예수께서 자기를 믿은 유대인들에게 이르시되 너희가 내 말에 거하면 참 내 제자가 되고' 하신 말씀에서 '너희가 내 말에 거하면'은 자기를 가르치고 아낀 선생님의 가르침에 깊이 고마움을 느껴야 됨을 암시해 주고 있습니다.

문화가 고도로 발달하고 인간이 살아가는 데 필요한 문명의 이기가 발명되어 감에 따라 인간의 본성이 개인주의화되고 정이 메말라 간다고 해도 변화되어서는 안 될 것이 한 가지 있습니다.

훌륭한 인간을 만들어 가는 교육을 바로잡는 선생님, 즉 스승의 가르침을 받는 학생들이 스승의 말씀을 거역하고 그 고마움을 몰라서는 안된다는 것입니다.

예수님의 말씀대로 제자들이 스승의 말에 거하면 만사가 형통하다 했습니다.

넷째로, 스승이 가르친 대로 열매를 맺어야 참제자가 되는 것입니다.

성경 요한복음 15장 8절에 '너희가 과실을 많이 맺으면 내 아버지께서 영광을 받으실 것이요 너희가 내 제자가 되리라' 했습니다.

또 15장 2절에 '무릇 내게 있어 과실을 맺지 아니하는 가지는 아버지께서 이를 제해 버리시고 무릇 과실을 맺는 가지는 더 과실을 맺게 하여 이를 깨끗게 한다'고 했습니다.

열매를 더 많이 맺어 가는 길은 서서히 점진적으로 단계적으로 이루어 가는 것이므로 하나님 말씀을 통해 깨끗게 되고 그 다음으로는 기도로 응답받는 것입니다.

스승의 가르침대로 살면 참제자가 되고, 그 속에서 진리를 찾게 되고, 그 진리가 인간을 모든 속박에서 자유케 한다고 했습니다.

청소년 여러분들은 각자 스스로 참제자상을 정립하는 데 온 힘을 기울여야겠습니다.

합심된 기도의 힘

"제자들이 감람원이라 하는 산으로부터 예루살렘에 돌아와 이 산은 예루살렘에서 가까와 안식일에 가기 알맞은 길이라. 들어가 저희 유하는 다락에 올라가니 베드로, 요한, 야고보, 안드레와 빌립, 도마와 바돌로매, 마태와 알패오의 아들 야고보, 셀롯인 시몬, 야고보의 아들 유다가 다 거기 있어 여자들과 예수의 모친 마리아와 예수의 아우들로 더불어 마음을 같이하여 전혀 기도에 힘쓰니라."(사도행전 1 : 12~14)

위의 성경 말씀은 예수께서 죽은 지 3일 만에 살아나셔서 흩어졌던 제자들을 다시 모으고, 제자들은 예수님을 만나면서 재결심을 하게 되는 말씀입니다.

재결심한 제자들은 40일간 이 세상에서 예수님과 함께 생활하였습니다.

그런데 어느 날 예루살렘에서 그리 멀지 않은 감람산에 올라가 성령의 능력을 받으라고 말씀하시고는 하늘로 올라가 버렸습니다.

그리스도를 잃어버렸으나 제자들은 동요됨이 없이 한 곳에 모여 성령을 받기 위해 감람원에서 내려와 예루살렘에 있는 마가의 다락방에 모였습니다.

그곳엔 가룟유다를 제외한 나머지 제자들이 모두 모였습니다. 뿐만 아니라 평소에 예수님을 잘 따르던 여자들과 예수의 어머니와 동생들까지 모였습니다.

이들이 모인 것은 목적이 있었습니다. 그것은 성령을 받고 나서 그리스도의 귀한 사명을 전파하는 것이었습니다.

그들은 목적을 달성하기 위해 마음을 같이했습니다.

그 마음은 모두가 기도를 하자는 것이었고, 또 어떻게 하면 그리스도를 이 땅에 소개하는데 더 힘있게 소개할 수 있을까 하는 것이었습니다.

이렇게 예수의 제자들과 그를 따랐던 무리들은 예수의 살아나심을 전하기 위해서 모였습니다.

지금 학원이나 학교에서 공부하는 학생들 역시 공부하는 목적이 있을 것입니다. 그 목적을 달성하기 위해 모였으므로 그 모임에 큰 의미를 느껴야 하리라고 생각합니다.

지난번 일본을 다녀온 적이 있습니다. 일본도 우리나라처럼 대학입학 경쟁이 무척 심했습니다. 듣기로는 우리나라보다 입학하기가 더 힘들다는 것이었습니다.

우리나라 입시생들보다 더 열심히 공부하고 있다는 말을 듣고 직접 학원을 찾아가 보았습니다. 과연 그들의 피나는 노력을 온 몸에서 느낄 수 있었습니다.

여러분! 피곤하고 힘들다고 그만 그 기회를 놓쳐 버리면 일생을 두고 후회할 날이 오고 맙니다.

한 젊은 청년이 상담해 온 이야기입니다.

자기의 가정형편으로는 대학에 진학할 수 있는 형편이었지만 그만 노는 데 시간을 보내다 보니까 공부를 못해서 그 귀한 기회를 놓쳐 버렸다는 것입니다. 다른 친구들은 모두 다 대학을 졸업하고 일류직장에서 열심히 뛰고 있는데 자기는 대학시험에도 떨어지고 말았다는 것입니다. 지금은 그때 일만 생각하면 속이 상해서 어찌할 줄을 모르고 여러 날을 보냈다는 것입니다.

그런데 이 젊은 청년에게서 중요한 사실 하나를 발견했습니다.

지난날에는 놀기를 좋아했지만 지금은 그것을 거울삼아 더 열심히 노력해서 지난날에 잃어버렸던 것을 찾겠다고 현장에서 노력하고 있는 것입니다.

성경 말씀을 보면 예수님의 제자들과 그를 따르던 사람들이 한 곳에 모여서 기도에 힘쓴 사실을 알 수 있습니다.

교회에 가서 열심히 기도하는 교인은 교회에도 열심히 봉사하고 은혜도 많이 받으며, 자신에게 맡겨진 일을 충실하게 하는 것을 볼 수 있습니다.

청소년 여러분! 근로 청소년은 일터에서 자신의 삶을 자신있게 살아야겠고, 다시 입시에 재도전하는 청소년은 더욱 열심히 노력해야겠습니다.

예수님의 제자들은 모여서 기도함으로써 큰 능력을 받았습니다. 그들은 복음을 위해 일생 동안 살았습니다.

그리고 많은 사람들로 하여금 삶을 성공적으로 살 수 있도록 인도해 주셨던 것같이 우리도 마음을 합하여 기도에 힘쓸 때 성공적인 삶을 영위할 수 있을 줄로 압니다.

옥토에 뿌려진 씨

"예수께서 비유로 여러 가지를 저희에게 말씀하여 가라사대 씨를 뿌리는 자가 뿌리러 나가서 뿌릴새 더러는 길가에 떨어지매 새들이 와서 먹어버렸고 더러는 흙이 얇은 돌밭에 떨어지매 흙이 깊지 아니하므로 곧 싹이 나오나 해가 돋은 후에 타져서 뿌리가 없으므로 말랐고 더러는 가시떨기 위에 떨어지매 가시가 자라서 기운을 막았고 더러는 좋은 땅에 떨어지매 혹 백 배 혹 육십 배 혹 삼십 배의 결실을 하였느니라. 귀 있는 자는 들으라 하시니라."(마태복음 13 : 3~9)

내용인즉 예수께서 이 비유를 다시 설명하시되 '아무나 천국 말씀을 듣고 깨닫지 못할 때는 악한 자가 와서 그 마음에 뿌리운 것을 빼앗나니 이는 곧 길가에 뿌리운 자요, 돌밭에 뿌리웠다는 것은 말씀을 듣고 즉시 기쁨으로 받되 그 속에 뿌리가 없어 잠시 견디다가 말씀으로 인하여 환난이나 핍박이 일어나는 때에는 곧 넘어지는 자요, 가시떨기에 뿌리웠다는 것은 말씀은 들으나 세상의 염려와 재리의 유혹에 말씀이 막혀 결실치 못하는 자요, 좋은 땅에 뿌리웠다는 것은 말씀을 듣고 깨닫는 자니 결실하여 혹 100배, 혹 60배, 혹 30배가 되느니라' 하시더라.

이제 이 말씀을 우리에게 비추어 생각해 봅시다.

민족의 수난시대에 처하여 나라와 겨레를 지킨 순국 선열들의 넋은 환난과 눈물로 멍든 강산을 옥토의 밭으로 만들었고 그 정신은 빛나는 씨앗으로 남았습니다.

이제 이 씨앗을 각자의 마음밭에 뿌리고 가꾸어 보람찬 열매를 거둘 이는 승계세대인 여러분들입니다.

그러나 누구나가 다 값진 열매를 맺을 수는 없는 일입니다.

예수님의 말씀대로 이 씨앗을 길가에 떨구어서는 열매는커녕 싹이 돋기도 전에 새들의 먹이가 되고 맙니다.

즉 '말씀을 깨닫지 못할 때' 하나님의 말씀은 전혀 영향력을 미치지 못한다는 말씀입니다.

그리스도의 말씀이 마음속에 증거되지만 그 말씀을 장난으로 알거나 업신여기는 그런 사람을 말합니다.

양질의 씨앗을 가지고 있어도 그 씨앗을 희생과 봉사와 적극적인 창조 정신으로 심고 가꾸지 않고서는 값진 열매를 기대할 수가 없습니다. 오히려 사회를 좀먹는 못된 새의 먹이만 될 뿐입니다.

둘째, 돌밭의 비유를 생각해 봅시다.

참기쁨의 참사랑을 모르는 사람, 봉사와 희생과 눈물의 의미를 모르는 사람, 이런 사람은 마치 돌밭과 같아서 세상에 대한 원망과 자신에 대한 비열이 응어리져 있는 사람입니다.

즉 그리스도를 영접한 뒤 세상의 조롱과 사탄의 핍박이 있을 때 홀로 설 만큼 뿌리를 내리지 못한 사람을 말합니다.

그들은 뿌리도 내리지 못한 채 말라 비틀어져 막막하고 황폐한 벌판이 펼쳐지는 세상에서 살아야 합니다.

셋째, 가시떨기에 뿌리운 비유의 말씀을 생각해 봅시다.

우리 사회에는 남을 헐뜯고 시기하고 원망하는 등 증오의 불길로 자비의 낭떠러지에서 헤매는 사람들이 적지 않습니다.

이런 사람들은 가족과 겨레의 깨우침이나 채찍을 힐난의 눈총으로 받아들여 미움이라는 촉매제를 낳고 맙니다.

여기에서 자기 충족과 세속의 욕심이, 내가 나를 제어할 수 없는 욕심이 가시가 되어 역시 좋은 결실을 보지 못하고 맙니다.

그래서 펄벅은 '젊은이여, 자기 자신을 무력하다고 생각하여 절망의 구렁텅이로 빠지는 일이 없도록 하라. 우선 자기가 무력하다고 생각하지 않는다면 인간은 누구 하나 무력하지 않을 것이다'고 했던 것입니다.

넷째, 좋은 땅에 뿌리운 비유의 말씀에서 온유와 사랑과 믿음의 세계를 보게 됩니다.

기름진 옥토는 하나님의 말씀의 세계요, 우리가 갈구하는 본연의 고장입니다. 사랑과 봉사와 기쁨이 여기서 생겨나고 삶의 의욕과 창조의 기쁨이 여기서 태어납니다.

항상 고귀한 교훈을 마음밭에 심고 가꾸면 30배 혹은 60배, 아니 몇백 배의 수확의 기쁨을 맛보게 됩니다.

'사회는 나이를 먹을수록 젊어진다'고 했습니다.

이 말은 우성의 열매만을 채취하여 거듭 재배하면 더욱 좋은 열매를 맺음과 같이 사회도 기름진 마음밭을 가진 젊은 세대가 계속 이어와 낙원으로 가꾸어짐을 의미하는 것이라 봅니다.

그러나 이러한 마음은 미래지향적이고 긍정적인 삶의 자세에서 생겨날 수 있는 것이지, 눈앞의 실리에 멍든 가시밭과 자가당착의 돌로 채워진 돌밭과 사랑과 봉사의 정신이 없는 삶의 자세에서는 결코 생겨날 수 없는 것입니다.

그런데 그 미래지향적이고 긍정적이고 창조적인 삶의 자세는 확고부동한 믿음의 세계가 아니고는 갖기 어려운 것입니다.

우리의 영혼이 영원히 안주할 수 있고 희열이 넘치는 곳, 즉 하나님의 말씀 안에 거하며 그 말씀대로 순종하는 믿음의 세계라야만 가질 수 있는 진실한 곳입니다.

온 국토가 포연에 잠기었고, 아비의 피를 나눈 형제가 서로의 가슴을 겨누며 외쳐대는 절규로 가득 찼던 1950년 6월을 회상해 봅시다.

우리의 젊은이들은 붉은 마수로부터 자유와 정의를 지키기 위해 맨주먹으로 일어섰습니다.

그 당시를 겪어 보지 못한 여러분들은 자유와 평화가 얼마나 소중한 것인가를, 또 이것이 얼마나 많은 피의 대가를 지불한 것인지를 깊이 느끼지 못할 것입니다.

우리는 먼저 이 조국에 태어났던 선열들의 값진 땅과 피의 대가를 절대로 잊지 말아야겠습니다. 다음 세대를 이어갈 수임 태세를 갖추어야겠습니다.

요사이 조간신문에 청소년들의 각종 비행이 보도되는데 그럴 때마다 마음의 경률을 금치 못합니다.

우리들이 살고 있는 지구촌은 매일 매일 많은 변화를 가져오고 있습니다.

감히 인간의 두뇌로는 생각할 수 없을 정도로 위험한 사건들이 생기고 있다는 점을 감안할 때, 성경의 말씀대로 곧 심판의 날이 가까워졌다는 것을 느낄 수 있을 것입니다.

이 세대에 지구가 심판을 당한다고 생각해 볼 때 여러분들은 어떻게 인생 행로를 만들어 가야겠습니까 ?

길가에 뿌려진, 돌밭에 뿌려진, 가시떨기에 뿌려진 씨앗이 되겠습니까? 그렇지 않으면 옥토에 뿌려진 씨앗이 되겠습니까?

어느 누구나 할 것 없이 큰 수확을 거두고 싶어할 것입니다. 더욱이 30배, 60배, 100배의 결실을 맺기를 원하실 것입니다.

우리 인간을 창조하신 청조주의 뜻대로 사는 자는 아무도 없다는 것을 여러분들께서는 먼저 아셔야 합니다.

말씀의 씨앗은 현재에도 뿌려지고 있습니다. 그러므로 그 씨앗을 받아 여러분의 옥토에 뿌려서 잘 가꾸고 성장시켜 패배하지 않는 인생을 살아야겠습니다.

그래서 복된 진리의 말씀이 여러분의 옥토에 뿌려져 30배, 60배, 100배의 결실을 맺기를 기원합니다.

제3부
·
믿음 안에서 자기 발견

소명의식

"또 어떤 사람이 타국에 갈제 그 종들을 불러 자기 소유를 맡김과 각각 그 재능대로 하나에게는 금 다섯 달란트를 하나에게는 두 달란트를 하나에게는 한 달란트를 주고 떠났더니 다섯 달란트 받은 자는 바로 가서 그것으로 장사하여 또 다섯 달란트를 남기고 두 달란트를 받은 자도 그같이 하여 또 두 달란트를 남겼으되 한 달란트를 받은 자는 가서 땅을 파고 그 주인의 돈을 감추어 두었더니 오랜 후에 그 종들의 주인이 돌아와 저희와 회계할새."(마태복음 25 : 14~19)

위 글에서 여러분과 함께 나누고 싶은 말씀은 오늘을 사는 우리가 가져야 할 자세는 무엇이며 부름받은 우리가 해야 할 일은 무엇인지에 관하여입니다.

눈을 들어 하늘을 바라보고 있노라면 점점이 떠가는 구름이 시시각각으로 변하는 모습과 맵시 있게 날아가는 새들의 움직임을 보게 됩니다.

그런가 하면 메마른 대지를 감싸주는 온갖 초목들의 생명 소리를 듣게 됩니다.

모두가 살아 움직이며 주어진 생명의 세계를 창조해 가고 있습니다. 만약 창공에 한 점의 구름도, 우연히 나래를 펼치는 한 마리의 새도 보이지 않는다고 생각해 봅시다.

또 만약 대지의 끝이 다하도록 싱그러움과 시냇물의 속삭임도 보이지 않고 들리지 않는다면 거기서 어떻게 신비와 창조의 기쁨을 발견할 수 있겠습니까?

사람도 이와 같아서 항상 살아 움직이고 나날이 새로워지지 않으면 안되겠습니다.

사회가 나이를 먹을수록 젊어진다는 말은 부단히 새로워지는 인간의 창조적인 활동을 의미합니다.

정신적인 활동의 의미 중에서도 인간의 본능적인 욕구를 충족하는 의미보다는 미래지향적인 의미를 갖고 있습니다.

앞에서 우리는 온 누리에서 생명의 소리를 들을 수 있다고 했습니다. 그러나 그것은 모두가 유기체의 본능적 활동에 지나지 않습니다.

확실히 인간은 다른 동식물과 달리 영적인 광합성을 할 수 있습니다. 우리는 이런 영적인 광합성을 통해 자신을 살찌우고 우리 사회를 윤택하게 합니다. 이런 활동이야말로 창조적인 활동이요, 미래지향적인 활동이라 아니할 수 없습니다.

그런데 사람이라고 하여 이러한 활동을 누구나 다 할 수 있는 것은 결코 아닙니다.

이 시대를 살고 있는 사회 구성원의 일각으로서, 또 부름받은 자의 소명의식이 없고서는 이루어지기 어려운 일인 것입니다.

그러나 이러한 말을 어떤 거창한 구호처럼 외쳤을 때 매우 추상적이고도 어려운 일처럼 느껴지는데, 내가 할 수 있는 범위에서 현실적으로 받아들이면 그리 어렵고 이상적인 말이라고는 생각되지 않습니다.

앞에 소개된 성경 마태복음 25장 14~19절과 29절까지의 말씀을 보면 '다섯 달란트와 두 달란트와 한 달란트를 받은 자'의 비유가 나옵니다.

다섯 달란트와 두 달란트를 받은 자는 그것으로 감사하여 각기 열 달란트와 네 달란트를 주인께 바쳤습니다. 그러자 주인께서는 '착하고 충성된 종아 네가 작은 일에 충성하였으매 내가 많은 것으로 네게 맡기리니 네 주인의 즐거움에 참여할지어다'라고 하셨습니다.

한 달란트를 받은 자는 '주여, 당신은 굳은 사람이라. 심지 않은 데서 거두고 헤치지 않은 데서 모으는 줄을 내가 알았으므로 두려워하여 나가서 당신의 달란트를 땅에 감추어 두었었나이다. 보소서 당신의 것을 받으소서' 했습니다.

그때 '악하고 게으른 종아 나는 심지 않은 데서 모으는 줄로 네가 알았느냐. 그러면 네가 마땅히 내 돈을 취리하는 자들에게나 두었다가 내가 돌아와서 내 본전과 변리를 받게 할 것이니라' 했습니다. 그리고 '그에게서 그 한 달란트를 빼앗아 열 달란트 가진 자에게 주어라. 무릇 있는 자는 받아 풍족하게 되고 없는 자는 그 있는 것까지 빼앗기리라' 했습니다.

'착하고 충성된 종아 네가 작은 일에 충성하였으매'와 같이 바로 자기에게 주어진 현실적인 일, 아주 작은 일에 최선을 다한 자가 열 달란트, 네 달란트 아니 그 이상의 열매를 취득할 수 있는 것입니다.

반면에 한 달란트를 받은 자는 두려워 땅에 감추었으니, 그 작은 일에도 충성할 수 없는 정적이고도 소극적인 성격의 소유자라

할 수 있겠습니다.

여기서 '있고' '없는 것'은 바로 창조적이고도 의욕적인 삶의 자세를 말합니다. 이 자세야말로 오늘 우리가 가져야 할 '소명의식'이라고 생각합니다.

이런 의식으로 현실을 창조해 갈 때에 자신의 삶과 사회, 나아가 인류의 삶을 윤택하게 할 수 있고 '있는 자는 받아 풍족하게 된다'는 말씀과 같이 풍요로움을 누릴 수 있을 것입니다. 반면 아무 목적도 의식도 없이 동물적이고 본능적인 삶을 살아가는 사람은 자신의 기본적인 양식마저 잃게 되는 것입니다.

이제 우리는 어디로 가고 있는지 어떤 의식을 갖고 생활하고 있는지 각기 자신의 삶을 냉철한 눈으로 살펴보아야 합니다.

하나님께서는 우리 인간에게 선택할 수 있는 이성을 주셨습니다. 우리가 걷는 세속의 길은 항시 유혹의 손길이 끝없이 펼쳐져 있음을 알아야 합니다.

우리가 이 삶의 기로에서 혹시 방황하고 자신의 순수함을 유혹의 손톱에 할퀴고 번민하고 있는지요?

이러한 굴레에서 벗어나는 길이 바로 정신적인 자주요, 이것은 깊은 신앙의 뿌리에서 파생됩니다.

하나님께서는 얼마나 많은 말씀의 단비를 우리의 정신적 뿌리에 내려주셨는지 모릅니다.

이 비를 흠뻑 맞아 우리는 영적인 광합성을 통해 시대가 요구하는 소명의식의 뿌리를 사회라는 대지에 깊이 내려야겠습니다.

믿음의 열매

"사흘 되던 날에 갈릴리 가나에 혼인이 있어 예수의 어머니도
거기 계시고 예수와 그 제자들도 혼인에 청함을 받았더니 포도
주가 모자란지라. 예수의 어머니가 예수에게 이르되 저희에게
포도주가 없다 하니 예수께서 가라사대, 여자여 나와 무슨 상관
이 있나이까 내 때가 아직 이르지 못하였나이다. 그 어머니가 하
인들에게 이르되 너희에게 무슨 말씀을 하시든지 그대로 하라
하니라.

거기 유대인의 결례를 따라 두세 통 드는 돌항아리 여섯이 놓
였는지라 예수께서 저희에게 이르시되 항아리에 물을 채우라 하
신즉 아구까지 채우니 이제는 떠서 연회장에 갖다 주라 하시매
갖다 주었더니 연회장은 물로 된 포도주를 맛보고 어디서 났는
지 알지 못하되 물 떠온 하인들은 알더라. 연회장이 신랑을 불러
말하되 사람마다 먼저 좋은 포도주를 내고 취한 후에 낮은 것을
내거늘 그대는 지금까지 좋은 포도주를 두었도다 하니라. 예수
께서 이 처음 표적을 갈릴리 가나에게 행하여 그 영광을 나타내
시매 제자들이 그를 믿으니라."(요한복음 2 : 1~11)

성경 말씀의 내용에서 첫째로, 예수의 어머니 마리아의 확실한
믿음을 볼 수 있습니다.

예수께서는 물로 포도주를 만들 수 있다고 믿은 마리아의 신앙
생활의 자세를 우리는 닮아야 합니다.

마리아가 예수께 말씀드렸을 때 거절당했으나 그래도 믿고 하인들에게 예수께서 행하라는 대로 했던 점을 우리는 주목해야 합니다.

둘째는 예수님의 겸손한 자세입니다.

물로 포도주를 만들 수 있음에도 불구하고 자신의 능력을 자랑하지 않고 조용히 나타내심은 진실로 겸손한 신앙생활을 우리들에게 보여주고 계신 것입니다.

'누구든지 자기를 높이는 자는 낮아지고 자기를 낮추는 자는 높아지리라'는 성경 말씀도 겸손의 미덕을 말해 주는 것입니다.

셋째는 하인들의 믿음의 모습입니다. 즉 순종하는 믿음을 보십시오.

인간들은 분명히 물이 포도주가 될 수 없다고 믿고 있었지만 하인들은 예수께서 명하시는 대로 순종했다는 점입니다.

여러분들은 어느 쪽에 속한다고 생각하십니까?

창조주 하나님께서는 우리들을 지극히 사랑하시기 때문에 예수님를 보내셨고 예수님을 통해 하나님의 능력을 보여주고 계신 것입니다.

이 세상에 태어난 여러분은, 그리고 신앙생활하는 여러분은 그동안 성경 말씀대로 살아왔습니까?

그렇지 않다면 지금이라도 모든 것을 회개하고 행할 수 있는가를 스스로 기도하면서 반성해야겠습니다.

몇 년 전 한 농촌에 있었던 일입니다.

가뭄이 계속되어 식수까지 어려웠던 때인데 어느 날 저녁에 갑자기 소나기가 쏟아졌다고 합니다. 그래서 잠결에 나와서 식수라도 받아야겠다고 생각하고 장독대에 있는 항아리들을 집 마당에 내려놓고 들어갔습니다.

다음날 아침에 이 농부는 내려놓은 항아리에 물이 가득 고였을 것이라고 생각하고 마당에 가 보니 첫째 항아리는 어찌 되었는지 뚜껑이 닫혀 있었습니다. 닫혀 있는 항아리에 물이 고일 리가 없습니다.

그래서 둘째 항아리를 보았습니다. 뚜껑은 열려 있었으나 한 방울의 빗물도 고여 있지 않았습니다. 너무도 이상해서 자세히 살펴보니 바닥에 구멍이 나 있었습니다. 그래서 물이 밖으로 새었던 것입니다.

이번엔 셋째 항아리를 가 보니 그 항아리에는 물이 가득 차 넘치고 있었습니다.

여러분! 첫째 항아리와 같이 본인은 열려 있을 것이라고 생각하면서 마음의 문을 굳게 닫아 놓고 있지는 않으신지요?

만약 여러분들이 뚜껑을 닫아 놓고 있다면, 모든 일이 불평불만으로 가득 찰 뿐 전혀 긍정적으로나 건설적으로, 기쁨으로 이루어지지 않을 것입니다.

열심히 노력하는 자에게는 틀림없이 소망이 이루어진다는 것을 확신하시고 지금이라도 곧 마음의 문이 열려 있나를 살펴보시기 바랍니다.

그리고 둘째 항아리와 같이 여러분들의 신앙생활에 구멍이 나 있지는 않은지를 점검해 보십시오.

밑빠진 항아리에는 아무것도 담을 수가 없습니다.

만약 여러분들의 신앙생활이 밑이 빠져 있다면 여러분들의 장래는 어떻게 되겠습니까?

지금 구멍을 때우고 수리해서 인간 삶의 근원인 영생수로 가득 채우십시오.

그러면 우리가 진정으로 추구해야 할 것은 어떤 것일까요?

세번째 항아리와 같이 열려져 있는 항아리가 되는 것입니다.

만사에 긍정적이고 적극적이며 기쁨이 넘치고 열심히 노력하는 것이 바로 열려져 있는 항아리입니다. 항상 사랑의 은총이 충만해 있는 것입니다.

세번째 항아리와 같이 성실하게 노력하면서 살아간다면 지금 여러분들이 걱정하는 문제는 반드시 해결될 것입니다.

확실한 믿음과 순종하는 믿음이 예수의 참 비밀임을 알 수 있게 하였습니다.

하인들의 마음속에 간직하고 있는 믿음의 열매와 같이 창조주시며 인류를 죄에서 구원하신 그리스도를 영접할 때 예수님의 기적 행하심을 목격할 수 있을 것이며, 날마다 승리하는 생활을 할 수 있을 것입니다.

지금은 괴로움과 죄만 있는 곳에서 살지라도 저 높은 곳을 향하여 날마다 나아가면 기쁘고 참된 평화가 있을 것을 확신하며 믿음으로 성취하기를 기원합니다.

지 · 정 · 의 신앙

"그가 우리를 위하여 목숨을 버리셨으니 우리가 이로써 사랑을 알고 우리도 형제들을 위하여 목숨을 버리는 것이 마땅하니라.

누가 이 세상 재물을 가지고 형제의 궁핍함을 보고도 도와줄 마음을 막으면 하나님의 사랑이 어찌 그 속에 거할까보냐.

자녀들아 우리가 말과 혀로만 사랑하지 말고 오직 행함과 진실함으로 하자. 이로써 우리가 진리에 속한 줄을 알고 또 우리 마음을 주 앞에서 굳세게 하리로다."(요한일서 3 : 16~19)

위의 말씀은 정교하게 짜여진 이론을 내포한 구절입니다.

19세기 말엽 독일의 철학자 빈델반트는 사람의 정신에는 3요소가 있다고 했습니다.

첫째는 알고 인식하는 지적 요소요,

둘째는 느끼는 작용을 하는 정신적 요소요,

셋째는 뜻을 세우고 결정을 내리는 의지적 요소라고 했습니다.

마찬가지로 우리의 신앙에도 역시 지 · 정 · 의 3요소가 있다고 생각합니다.

앞의 말씀에서는 우리 인간들에게 비록 간단하지만 꼭 필요한 신앙적 철학을 잘 표현하고 있습니다.

첫째로 '그가 우리를 위하여 목숨을 버리셨으니'의 구절입니다.

즉 예수께서는 우리 죄인들을 위해 그 귀하신 생명을 버려 죽으신 것을 아는 지적 신앙을 말합니다.

그래서 크리스찬이 교회에 입교하는 때에 제일 먼저 가르침을 받는 것이 의무로 되어 있는 것입니다.

빌립보서 3장 8절에 '내 주 그리스도 예수를 아는 지식이 가장 고상함을 인함이라' 했습니다.

또 사도 요한은 그리스도의 죽음에 대해 깊이 생각나는 중에 '오, 그리스도는 죄로 멸망당할 나를 위하여 십자가 위에서 그 귀하신 생명을 버리셨구나' 하는 사실을 알게 된 것입니다.

참신앙은 이렇게 하나님이 나와 어떤 관계가 있으며, 또 예수님은 나와 어떤 관계가 있는가, 그리고 '성령님과 나', '말씀과 나', '내세 영생과 나'와는 어떤 관계가 있는가를 바로 깨달아 인식하고 아는 데서부터 성립되는 것이기에 우리는 좀더 지적인 신앙을 소유하기 위해 노력하는 것입니다.

둘째, '우리가 이로써 사랑을 알고' 한 정적인 신앙입니다.

예수께서 우리를 위하여 죽으신 것을 지적으로 인식했으니 그 결과는 하나님의 사랑이 얼마나 큰가를 느껴야 된다는 말입니다.

신앙이란 아는 것만으로는 안됩니다.

예수님 당시의 서기관들과 바리새인들은 하나님을 아는 지식은 누구보다도 많았지만 예수님의 사랑을 느끼지 못했습니다.

주님께서 말씀하시기를 '화 있을진저, 외식하는 서기관들과 바리새인들이여! 너희가 박하와 회향과 근채의 십일조는 드리되 율법에 더 중한 바 "의"와 "인"과 "신"은 버렸구나. 소경 된 인도자여!'라고 책망하셨습니다.

그 까닭은 그들이 하나님의 법을 잘 알지만 하나님의 사랑에 감사와 감격을 하지 못했기 때문입니다.

우리가 너무 지나치게 믿어 샤머니즘식으로 신앙생활을 해서도 안되겠지만 또 무감각하여 하나님의 사랑을 저버려서도 안되겠습니다.

우리들의 가슴이 크신 하나님의 사랑으로 뜨거워져야겠고, 감동의 눈물도 흘릴 줄 알아야겠습니다.

셋째, '우리도 형제들을 위하여 목숨을 버리는 것이 마땅하니라' 고 한 의지적 신앙입니다.

즉 그리스도께서 우리를 위해 대신 죽어 주신 것을 깨달아 아는 지적인 신앙이 있은 후에 그 사랑이 고마워서 감사와 감격할 수 있는 감정적인 신앙이 있어야 합니다. 그리고 다음에는 생각만으로 감사할 것이 아니라 그 사랑을 보답하기 위해 내 몸과 생명을 바치며 또 다른 사람에게 이 사랑을 전하는 결단력을 가져야 된다는 말씀입니다.

다시 말하면, 그리스도의 십자가의 희생을 알고 감사함을 느끼는 동시에 그 십자가를 우리도 지고 주님의 발자취를 묵묵히 따라가는 것이 참된 은혜를 받은 제자의 길이라는 것입니다.

넷째는, 지적, 정적, 의적 신앙을 가짐으로 인해 하나님의 사랑을 알게 되고 행하는 실천이 따르게 되는 것입니다.

하나님의 지, 정, 의 신앙을 통해 우리가 그리스도를 바라볼 때 하나님의 사랑을 체험할 수 있습니다.

하나님은 독생자 그리스도를 보내 무지하고 어리석고 교만한 인간들을 위해 희생의 제물로 주셨으며 그 사랑의 위대함을 보여

주셨습니다.

오늘의 위치에서 어제와 내일을 비교하면서 하나님의 말씀을 생각해 봅시다.

예수는 자신의 몸을 아낌없이 우리 인간을 위해 내어 주시며 하나님을 알게 했습니다.

하나님을 자주 만나면 만날수록 하나님의 사랑을 느낄 뿐 아니라 그 사랑에 감격하게 됩니다.

그러나 인간들은 그리스도를 따르는 의지적 결단이 늦어지고 미루어져 예수를 따르는 삶을 꺼려하고 있습니다.

죄악이 관영하여 많은 사람들이 하나님을 떠나 버렸습니다. 그래서 세상이 캄캄해졌습니다.

예수께서는 우리들에게 '너희는 세상의 빛이라'고 말씀하셨습니다. 주님은 소리없이 빛을 발하며 몸이 녹아 없어지면서 세상을 환히 밝히는 촛불이길 원하고 계십니다.

청소년 여러분! 세상을 밝히는 빛의 결단으로 세상의 모든 어둠이 물러가고 하나님이 창조하신 아름다운 세상의 모습을 회복하는 여러분들이 되시길 기원합니다.

심은 대로 거두리라

"또 가라사대 하나님의 나라는 사람이 씨를 땅에 뿌림과 같으
니 저가 밤낮 자고 깨고 하는 중에 씨가 나서 자라되 그 어떻게
된 것을 알지 못하느니라."(마가복음 4 : 26~27)

우리의 몸을 무겁게 하는 불볕 같은 무더위가 계속되고 있습니
다. 몸에 맺힌 땀방울 하나라도 헛되지 않고 값진 열매를 맺도록
해야 될 때입니다.

대자연의 섭리에 따라 이 무더위가 가고 드높아지는 하늘 아래
선들바람이 불면 풍성한 수확의 계절을 맞이하게 됩니다.

이렇듯 세상 모든 일이 결과에 대한 원인과 과정으로 되어 있기
에 우리는 심어 가꾸는 땀의 의미를 생각하게 됩니다.

위의 성경 말씀에 '하나님의 나라는 사람이 씨를 뿌림과 같으니'
했습니다. 이는 '나'를 거름으로 삼아 하나님의 뜻을 땅 위에 심음
을 의미한다고 할 수 있습니다

그런데 혹 여러분 중에는 '내가 과연 그러한 일을 감당할 수 있
을까 ?' 하는 무력감을 갖는 분도 있으리라 생각합니다.

그러나 이 문제를 지나치게 확대해서 생각할 필요 없이 각자에게 맡겨지는 뿌림의 종류에 따라 심어 가꾸는 일이라고 봅니다.

즉 농사를 짓는 사람은 농토를 가꿀 것이며, 사회에 헌신하는 사람들은 긍휼을, 공부하는 학생은 노력이라는 씨앗에서 진리를 가꾸어 나가야 할 것입니다.

이렇게 그 뿌림의 종류가 다르고 또 비록 작은 것이라 할지라도 그 모두가 우리의 삶을 살찌게 한다는 데에 귀결되는 것입니다.

마가복음 4장 30~32절 말씀에 '우리가 하나님의 나라를 어떻게 비하며 또 무슨 비유로 나타낼꼬. 겨자씨 한 알과 같으니 땅에 심길 때에는 땅 위의 모든 씨보다 작은 것이로되 심긴 후에는 자라서 모든 나물보다 커지며 큰 가지를 내니 공중의 새들이 그 그늘에 깃들일 만큼 되느니라' 했습니다.

그렇습니다. 비록 작은 겨자씨에 불과하지만 정성들여 심어 가꿀 때에라야 놀라운 수확의 기쁨을 맛볼 수 있다고 하겠습니다.

시편 126편 5~6절에 보면 '눈물을 흘리며 씨를 뿌리는 자는 기쁨으로 거두리로다. 울며 씨를 뿌리러 나가는 자는 정녕 기쁨으로 그 단을 가지고 돌아오리로다' 했습니다.

여기서 '눈물을 흘리며 씨를 뿌린다'는 말씀은 노력하는 땀의 고통을 의미하며, '기쁨으로 거두리라'는 말씀은 각자가 맡은 바의 목적을 하나님의 뜻대로 수행함을 뜻한다 하겠습니다.

땀의 소중함을 잘 알기는 하면서도 이 진한 땀의 흘림이 무의미한 한낱 '물방울'에 지나지 않는 사례를 우리 주위에서는 흔히 볼 수 있습니다. 이는 씨앗을 잘못 심은 연유라 하겠습니다.

씨를 심되 좋은 밭에 심어야지 아무 곳에나 심는다고 해서 모두가 다 잘 자라는 것은 아닙니다.

누가복음 8장 5절부터 보면 '씨를 뿌리는 자가 그 씨를 뿌리러 나가서 뿌릴새 더러는 길가에 떨어지매 밟히며 공중의 새들이 먹어 버렸고 더러는 바위 위에 떨어지매 났다가 습기가 없으므로 말랐고 더러는 가시떨기 속에 떨어지매 가시가 함께 자라서 기운을 막았고 더러는 좋은 땅에 떨어지매 나서 백배의 결실을 하였느니라' 했습니다.

우리는 이에서 똑같은 씨라도 그 뿌리는 데에 따라 거두어지는 것이 다름을 볼 수 있습니다. 즉 뿌린 대로 거두는 것입니다.

혹 우리는 우리들의 마음 속에 바위와 같은 자물쇠를 채우고 있는 것은 아닌지요? 공중을 나는 새와 같은 마귀의 틈을 보여주고 있는 것은 아닌지요? 아니면 더럽고 추한 영욕의 가시나무를 키우고 있는 것은 아닌지요?

자기 자신을 조명해 볼 필요가 있다고 생각합니다.

그러나 우리 인간은 먼 훗날을 내다보는 데 익숙해 있지 않습니다. 오랜 시간을 참고 견디는 데에 한계를 느끼곤 합니다. 따라서 면전의 환희와 복락을 갈구합니다. 내일의 포향을 위해 오늘의 배고픔을 참으려 하지 않습니다. 그래서 현실에 집착하여 이기와 허욕에 몸부림치게 되는 것입니다.

앞에서 언급한 바와 같이 '눈물을 흘리며 씨를 뿌린다'는 것은 극복의 의지와 노력을 말하는 것입니다.

가까운 비유로 우리가 잘 아는 서정주 시인의 〈국화 옆에서〉라는 시에는 '한 송이 국화꽃을 피우기 위해 봄부터 소쩍새가 그렇게 울고, 또 천둥이 먹구름 속에서 그렇게 운 후에 이제는 원숙의 경지에 도달한 내 누님……'이라는 내용이 있습니다. 이 또한 오랜 인고의 과정을 거친 결과가 아니겠습니까?

그런데 우리가 여기서 한 가지 명심하고 넘어가야 할 것은 아무리 착하고 좋은 마음의 바탕에 씨앗을 뿌린다 해도 그것이 자기만의 욕심이거나 육적인 것이어서는 안됩니다. 참된 것이라야 합니다. 사람만을 위한 것에는 영원의 향기가 없습니다.

선한 마음의 바탕 위에 참되고 영원한 것을 심어 고귀한 열매의 향기를 발해야 합니다.

아무리 탐스럽고 고운 꽃을 피웠다 해도 그곳에 훈훈한 향기가 없으면 그 가치는 절감되고 맙니다.

갈라디아서 6장 8~9절에 보면 '자기의 육체를 위하여 심는 자는 육체로부터 썩어진 것을 거두고 성령을 위하여 심는 자는 성령으로부터 영생을 거두리라. 우리가 선을 행하되 낙심하지 말지니 피곤하지 아니하면 때가 이르매 거두리라' 했습니다.

우리는 무엇을 보며 무엇을 생각하고 있는가?

육신의 오욕을 심어 썩어진 것을 거두려 하고 있지는 않는가?

바람 같은 생의 지나침을 보내려 하고 있지는 않는가?

성령의 튼튼한 뿌리를 내려 영생의 복락을 누려야겠습니다. 그러나 서둘러 추수하려고 하진 마십시오.

위의 성경 말씀에 '피곤하지 아니하면 때가 이르매 거두리라' 하였듯이 비록 내가 뿌리고 가꿀 것이 언제일지는 몰라도 내 자손 또는 그 손손 어느 때라도 영생하는 꽃을 피울지니 목전의 수확이 없다고 피곤해 하지 말고 말씀에 순응해야 합니다.

내가 심은 대로 거두리라는 이 말씀대로 행하여 겨자씨 한 알에 해당하는 여러분의 탐구와 노력을 빌어 마지않으며 이를 실천하는 자들이 되어 거두는 자의 기쁨을 누리기를 주님의 이름으로 기원합니다.

하나님과 나

"구하라 그러면 너희에게 주실 것이요 찾으라 그러면 찾을 것
이요 문을 두드리라 그러면 너희에게 열릴 것이니 구하는 이마
다 얻을 것이요 찾는 이가 찾을 것이요 두드리는 이에게 열릴 것
이니라."(마태복음 7 : 7~8)

스코틀랜드의 어느 산골짜기에 계곡을 가로지른 돌다리 하나가
있었습니다. 그 다리 한복판에는 'God and I' 즉 '하나님과 나'라는
글자가 새겨져 있습니다.

이야기인즉 다음과 같은 사연이 담겨져 있다고 합니다.

메리라고 하는 열서너살밖에 안 되는 산골 처녀가 어느 이른 봄
날 이웃 동네로 심부름을 가던 중 놓여 있는 외나무다리를 건너다
가 산골짜기에 눈 녹은 물이 강을 이루고 세차게 흘러가는 것을
내려다보다 그만 현기증을 느껴 강물에 빠져 떠내려가게 되었습니
다. 급류에 휘말려 떠내려가던 메리는 하나님께 기도하기를 '하나
님, 저를 살려 주시면 제가 이곳에 돌다리를 놓아서 다시는 이런
일이 생기지 않도록 하겠습니다'라고 했답니다.

그런데 메리는 물결이 세차게 흘러가는 대로 떠내려가다가 기

적적으로 강가에 늘어진 나뭇가지를 붙잡고 살아나게 되었습니다. 그러나 메리는 하나님과 약속한 대로 돌다리를 가설할 만한 돈이 없었고 집안도 가난해서 즉시 돌다리를 놓지는 못했습니다.

메리는 여러 해 동안 조금씩 저축해서 5년이 지난 후에야 그곳에 돌다리를 놓게 되었습니다.

그리고 메리는 '하나님이 나를 도와주셨고, 나는 하나님과 약속대로 이 다리를 놓게 되었다'고 고백하며 '하나님과 나'라는 글자를 새겼다는 것입니다.

하나의 작은 일화이지만 이 아름다운 이야기가 우리에게 시사해 주는 의미는 자못 크다 하겠습니다.

'메리'라는 한 연약한 소녀의 '하나님과의 대화' 즉 하나님과의 약속은 급류에 휘말린 죽음 앞에서 이루어졌습니다.

자기를 온전히 열어놓고 하나님께 의지하여 삶을 간구한 진실된 기원이 있었기에 그에 대한 놀라운 응답을 받을 수 있었던 것입니다. 또한 그 믿음의 약속을 이행하기에는 너무나 가진 것이 없었던 어리고 약한 소녀였지만 약속을 기어이 지키고자 한 집념과 진실을 기뻐하신 하나님의 뜻은 지성이면 감천이라는 말대로 우리에게 커다란 감명을 주고도 남음이 있습니다.

우리는 무더위 앞에 비오듯 쏟아지는 구슬땀을 귀찮아 하고 짜증스럽게만 생각할 뿐 그 땀의 의미를 생각하려 하지 않습니다.

메마른 들판을 가꾸는 농부의 짙은 땀과 얼굴에 아로새겨지는 사랑의 주름을 타고 흘러내리는 어머니의 값진 사랑의 땀과 인생의 원대한 목표를 향해 혼신의 정열을 기울이는 집념의 땀방울 등이 바로 그것입니다.

그러나 비록 그것이 옛날과 지금, 오늘과 내일, 지구의 저쪽과 이쪽이 다르더라도 그 의미는 모두 같은 것이요, 그 속에는 모두 진실이 간직되어 있습니다. 그 진실은 곧 신앙이요, 참된 신앙은 절대의 구주 하나님 앞에 온전히 나를 맡기고 나 자신을 열어놓고 기도하고 대화하는 것입니다.

그 대화 속에는 꿀 같은 감로가 있고, 그 믿음 속에는 피안의 낙원이 있습니다.

그런데 우리가 하나님 앞에 나 자신을 내맡기고 마음의 문을 활짝 여는 결단은 여간 쉬운 일이 아닙니다. 그러기에는 너무도 많은 유혹이 있고 또 그 유혹을 물리치려면 극기의 인내가 필요합니다.

우리 가운데는 절대의 존재와 능력에 대해 의혹을 갖는 이가 많습니다. 이런 사람일수록 마음을 굳게 닫고 자기라는 둥지 안에서 방황하며 그로 인해 헤어날 길이 없는 세속의 늪으로 추락하여 원망과 질시라는 무기로 자신을 할퀴고 질타하는 생활을 합니다.

여러분! 물에 빠졌던 소녀와 같이 여러분도 깊은 물에 빠져 있는지도 모릅니다. 여러분의 모든 어려움을 그 모습 그대로 하나님께 아뢰십시오. 그리고 하나님의 권능 앞에 서 보십시오.

급류에 휘말린 메리의 간구를 들어주심과 같이 분명코 여러분의 기도를 들어주실 것입니다.

그러면 머지않아 참마음의 평안과 '희망봉'의 찬란한 모습이 여러분 앞에 나타날 것입니다.

법의 참된 정신

"선생님이여 율법 중에 어느 계명이 크나이까.
예수께서 가라사대 네 마음을 다하고 목숨을 다하고 뜻을 다
하여 주 너의 하나님을 사랑하라 하셨으니 이것이 크고 첫째 되
는 계명이요, 둘째는 그와 같으니 네 이웃을 네 몸같이 사랑하라
하셨으니 이 두 계명이 온 율법과 선지자의 강령이니라."
(마태복음 22 : 36~40)

7월은 법의 달입니다. 더욱이 이번 7월은 우리 국민들의 의식수
준이 진일보 민주화됨으로 인해 새로운 헌법을 만들어 잘 사는 나
라를 만들어 보자는 개헌 논의들이 각종 매스컴을 통해 매일같이
홍수처럼 쏟아지는 범란의 시점입니다.

이런 때일수록 우리들은 옷깃을 여미고, 과거를 돌이켜 미래를
심고 미래가 있는 헌법을 만들도록 노력해야 될 것입니다.

우리나라 헌정사는 참으로 짧은 역사였고, 이 짧은 기간 동안
여덟 번이나 헌법이 개정되었습니다.

지금 우리나라는 정치·사회·경제·문화·교육 면에서 완숙을
이룬 것 같으나 사실은 이 완숙을 위해 전진하는 과정입니다.

세계 각국의 헌법 발전사를 놓고 우리나라 헌법에 재조명해 볼 때 그 나라가 선진화되는 길은 정치·경제·사회·문화·교육 등의 균형적 발전이 이루어져야 뿌리가 정착되고 성숙함을 확실히 보아 왔습니다.

그래서 우리 사회에서 일어나고 있는 개헌의 방향은 지배자 통치의 수단이기보다는 온 국민이 다같이 누릴 기본권에 초점을 모아 볼 필요가 있습니다.

그리고 자유민주주의 사회에서 국민들이 새로운 헌법을 요구할 때에는 국가라는 거대한 함선에 어떠한 폭풍우와 태풍이 불어닥쳐도 침몰하지 않는 법을 만들어야 됩니다.

그러기 위해서는 그 나라가 처해 있는 현실적 배경과 국가간에 도발할 전쟁 같은 위험한 함수관계를 충분히 고려해서 그 나라에 맞는 헌법을 만들어야 됩니다.

어느 나라가 어떠하니 우리도 그대로 하자는 식은 세계화 시대에 살고 있는 우리들로서는 잘못된 생각이며 구시대적 사고라고 말할 수 있습니다.

성경적 측면에서 법의 정신은 '하나님의 창조의 질서와 공의에 대한 인간의 응답을 의미한다'고 볼 수 있습니다.

위의 말과 같이 시대적 배경을 초월하는 성경적 법정신을 근간으로 하고, 현존하는 우리라는 인간들과 함수관계를 맺고 동행하는 의미여야 하는 것입니다.

예수께서는 앞의 말씀에서 두 계명을 제시하셨습니다.

첫째는 '네 마음을 다하고 목숨을 다하여 주 너의 하나님을 사랑하라' 했습니다.

인간이 아담과 이브 시대를 거쳐 살아오면서 예수님이 오셨던 것입니다.

예수께서는 우리 인간이 지은 죄를 십자가라는 형틀에서 우리들 대신 짊어지고 인간을 구원하신 것입니다. 이런 것들이 창조주 하나님의 뜻인 것입니다.

창조주란 이 세상에 있는 만물을 창조하셨고, 최후의 심판도 창조주 하나님이 하신다는 큰 의미를 내포하고 있습니다.

그렇다면 오늘에 사는 인간들이 '주 너의 하나님을 사랑하라'는 기본법을 무시하면서 살아갈 배짱이 생길 수가 없는 것입니다.

청소년들은 이 점을 확실히 깨닫고 미래의 개척자로서 가장 중요한 것이 무엇인가를 생각하여 실천하는 여러분들이 되시길 바랍니다.

둘째는 '네 이웃을 네 몸같이 사랑하라' 하셨습니다.

인간이라는 존재가 사회를 형성할 때는 이웃과 이웃이 잘 화합해야 됩니다.

옛말에 '먼 친척보다 이웃사촌이 더 가깝다'는 말이 있듯이 '나'라는 존재가 성장하려면 네 이웃을 내 몸같이 아끼고 사랑하는 자라야만이 '우리'라는 울타리 속에서 성장 발전할 수 있는 것입니다.

프랑스의 한 소설가는 '사랑은 끝없는 관용이요 작은 일에서도 느끼는 희열이다'고 했습니다.

청소년 여러분들도 이웃 사랑의 정신을 생활화하여 하나님의 축복을 받는 자들이 되어야겠습니다.

또 예수께서는 위에 말한 두 가지를 모든 법의 기본 되는 법정신이며 선지자의 강령이라고 하셨습니다.

그 의미는 무엇일까요?

참된 법정신은 모두 사람이 자신의 몸과 같이 이웃을 사랑할 수 있는 법이라야 된다는 것입니다.

그러므로 율법의 참된 정신은 바로 '사랑'입니다.

갈라디아서 5장 14~15절에 '온 율법은 네 이웃 사랑하기를 네 몸같이 하라 하신 한 말씀에 이루었나니 만일 서로 물고 먹으면 피차 멸망할까 조심하라'고 했습니다.

이는 사랑을 기본정신으로 세상의 욕심에서 벗어나 자기 힘의 실현보다는 온전히 하나님께 영광을 돌려야 한다는 것입니다.

우리에게는 수많은 성문화된 법이 있습니다. 이 법들이 인간들을 위하고 그들을 위해 존재하는 것이라면 그들이 법에 의해 진정한 자유를 누릴 수 있도록 해야 합니다.

사랑하는 청소년 여러분!

우리나라의 헌법이 하나님의 영광을 나타내는 '사랑'을 기본 정신으로 보다 나은 민주주의가 실현되기를 다같이 기원해 봅시다.

고난은 하나님의 영광

> "예수께서 길 가실 때에 날 때부터 소경 된 사람을 보신지라.
> 제자들이 물어 가로되 랍비여 이 사람이 소경으로 난 것이 뉘 죄
> 로 인함이오니까? 자기오니이까, 그 부모오니이까?
> 　예수께서 대답하시되 이 사람이나 그 부모가 죄를 범한 것이
> 아니라 그에게서 하나님의 하시는 일을 나타내고자 하심이니라.
> 　밤이 오리니 그때는 아무도 일할 수 없느니라. 내가 세상에
> 있는 동안에는 세상의 빛이로라. 이 말씀을 하시고 땅에 침을 뱉
> 아 진흙을 이겨 그의 눈에 바르시고 이르시되 실로암 못에 가서
> 씻으라 하시니(실로암은 번역하면 보냄을 받았다는 뜻이라) 이
> 에 가서 씻고 밝은 눈으로 왔더라."(요한복음 9 : 1~7)

　위의 말씀에는 예수께서 행하신 치유 기적 중 소경을 보게 하신
사건이 기록되어 있습니다.

　그 당시 병자들을 향한 사람들의 잘못된 견해를 고쳐 주시기 위
해 이 일을 행하셨던 것입니다.

　예수께서는 죄의 결과로 오는 것이 병이라는 잘못된 견해를 바
로잡아 주셨습니다.

　그리고 예수께서는 출생 이전의 죄라는 사람들의 견해를 시정
하시고 특별한 고난의 목적에 그 초점을 맞추시고 소경된 이유는

오직 하나님의 영광을 위해 마련된 하나의 기회라고 하셨습니다.

로마서 8장 28절에 '우리가 알거니와 하나님을 사랑하는 자 곧 그 뜻대로 부르심을 입은 자들에게는 모든 것이 합력하여 선을 이루느니라'는 말씀대로 우리가 고난을 당할 때 이 중요한 사실을 깨달으면 큰 위로가 되는 것입니다.

독일 속담에 '고난은 기도를 가르쳐 준다'는 말 역시 의미 있는 말입니다.

또 낮이란 말씀이 있는데 이는 예수께서 세상에 계신 때를 비유하며 땅 위에 계실 때 성취해야 될 일들이 많음을 말해 주고 있으며 밤이 오면 행할 수 없음도 분명히 하셨습니다.

또 예수님께서는 소경의 눈을 밝히시는 권능을 행하시기 전에 자기가 누구인가를 나타내셨습니다.

그가 세상의 빛이라고 하신 것은 빛을 잃은 육적인 소경에서 세상의 빛을 회복하시는 일과 영적인 소경에게 영생을 보게 하는 두 가지 의미를 내포하는 것입니다.

이런 의미에서 빛 되신 예수님은 육적인 소경뿐만 아니라 모든 인류에게 필요한 분임을 말해 주고 있습니다.

예수님께서는 단순한 믿음과 순종의 아름다움을 가르치기 위해 구두의 명령보다는 이 방법을 사용하신 것입니다.

또한 20세기 기적을 이룬 초인 헬렌 켈러 여사의 일생기를 읽어 본 사람은 알겠습니다만, 그녀는 두 살 때 몹쓸 병을 앓고 나서 눈도 멀고 귀도 어두워졌습니다. 즉 장님에다 귀머거리이고 벙어리까지 된 것입니다. 그래서 켈리 여사에게는 그 고통을 이겨낼 수 있는 힘이 아주 어려서부터 마음 한 구석에 싹트기 시작했습니다. 그것은 바로 하나님의 사랑이었습니다. 어떤 사람도 느끼지 못한 하나님의 사랑의 숨결을 켈러 여사는 민감하게 느낄 수 있었던 것입니다.

켈러 여사의 전기에서 우리는 두 가지를 배울 수 있습니다.

첫째는 아무리 힘겨운 고통이라도 그것을 인내로써 이겨낼 힘을 마음 속에 축적할 수 있다는 사실입니다. 그 힘은 오직 하나님을 믿고 의지하는 사람에게 가능한 것입니다.

둘째로는 헬렌 켈러 여사를 지도한 설리번 선생의 희생적인 노력과 봉사입니다.

설리번 선생은 자신의 생애를 온전히 헬렌 켈러 여사를 위해 살아왔다고 해도 과언이 아닐 정도입니다.

이 교훈적 일화를 보더라도 여러분들은 자신들 앞에 펼쳐지는 일들을 스스로 해결해야 합니다.

하나님께서는 인간을 창조하실 때 무한한 가능성의 능력을 주셨습니다. 기적을 낳은 헬렌 켈러 여사를 보아도 알 수 있습니다.

그러나 이런 기적은 신앙의 힘이 아니고는 결코 일어날 수가 없습니다.

앞의 성경 말씀을 3가지로 분류해서 여러분들과 함께 은혜를 나누고자 합니다.

첫째는 인간들에게 신앙에 대한 순종의 가치를 가르쳐 주고 있다는 점입니다.

열왕기하 5장 1~14절 말씀에 보면 아합왕의 군대 장관 나아만이 문둥병에 걸려 고생하다가 하나님의 선지자 엘리사가 명한 대로 요단강에 몸을 일곱 번 담근 후 살이 어린아이같이 깨끗해졌던 역사적 사실을 볼 수 있습니다. 이와 같이 지금의 고난을 잘 참고 견디며 그리스도의 말씀대로 순종하여 하나님의 뜻을 나타내는 여러분이 되어야 합니다.

둘째는 육의 안목보다는 영의 안목을 좇아 살아가야 된다는 점입니다.

우리가 육적인 눈만을 가지고는 세상을 살 수 없습니다. 그래서 하나님은 눈에 보이지 않는 영적인 눈을 주셨습니다.

이 영적인 눈은 예수를 바라볼 수 있게 하여 '나의 주'로 고백케 합니다. 그리고 진심으로 하나님께 순종할 때 영적인 눈의 시력이 회복되고 밝아질 것입니다.

성경에 나온 소경이 예수님의 말씀대로 순종하여 실로암 못에 가서 씻지 않았다면 육적인 눈은 물론 영적 눈의 잘못 때문에 영적·육적 소경이 되었을 것입니다.

셋째로는 인간에게 고난을 통해 지혜 주심을 알 수 있습니다.

지혜란 인간의 무한한 능력을 계발할 수 있는 슬기입니다.

눈 멀고 귀 멀고 말할 수 없는 헬렌 켈러 여사가 하나님의 은총으로 그 지혜와 총명이 자라나 세상에 널리 알려져 우리의 마음을 감동케 한 사실을 여러분은 잘 알고 있지 않습니까?

진실한 마음으로 주님을 믿고 간구하면 틀림없이 지혜를 주셔서 고난을 해결해 주실 것을 믿으십시오.

소경이 눈을 뜬 것이나 헬렌 켈러 여사의 투병생활에서 성공한 것은 모두 다 하나님의 예정된 섭리였고 사랑이었습니다.

여러분들도 하나님의 사랑 아래 닥쳐오는 고난들을 슬기롭게 극복하여 하나님의 영광을 나타내시기를 기원합니다.

복음의 위력

"열한 제자가 갈릴리에 가서 예수의 명하시던 산에 이르러 예수를 뵈옵고 경배하나 오히려 의심하는 자도 있더라. 예수께서 나아와 일러 가라사대 하늘과 땅의 모든 권세를 내게 주셨으니 그러므로 너희는 가서 모든 족속으로 제자를 삼아 아버지와 아들과 성령의 이름으로 세례를 주고 내가 너희에게 분부한 모든 것을 가르쳐 지키게 하라. 볼지어다 내가 세상 끝날까지 너희와 항상 함께 있으리라 하시니라."(마태복음 28 : 16~20)

우리나라에 선교가 시작된 1884년부터 지금까지 수많은 사람들이 예수의 복음을 받고 열매를 맺어 큰 결실을 가져왔습니다.

여기에는 숱한 박해와 또 많은 순교자가 배출되는 십자가의 고난의 길이 있었습니다.

바로 그 좋은 예가 한·일 합방이 시작되자 일본 경찰은 황해도 지방의 기독교인을 말살하기 위해 '해서교육사건'이라 하여 기독교인을 구속시킨 일이 있었습니다. 또한 105인 사건을 조작하여 평안도 지방의 기독교인을 박해하고 탄압하기 시작했습니다.

그런데 이상한 것은 일본 경찰이 예수를 믿는 사람들을 탄압하면 할수록 기독교인들이 더욱 열심히 전도하고 또 교인이 계속 증가하는 것이었습니다.

왜 이들은 고통을 당하고 핍박을 받으면서도 전도를 하였을까요? 본문 18절에 보면 '예수께서 나아와 일러 가라사대 하늘과 땅의 모든 권세를 내게 주셨으니' 하셨습니다.

한국 교회의 신도들은 이 말씀을 진정으로 믿었습니다. 하늘과 땅의 모든 권세를 우리 믿는 성도들에게 주셨다는 말씀으로 받아들였습니다.

비록 일본 경찰이 긴 칼을 차고 우리 국민과 교인들을 위협했지만 그 중에도 기독교인들은 더 열심히 나라를 사랑하고 하나님을 믿었습니다.

무서운 총과 칼이 있는 곳에서도 굴하지 않는 전도자들의 희생적인 삶이 있었기에 복음을 전할 수 있었던 것입니다.

백년 전에 한 사람의 의사인 알렌이 인천 제물포를 통해서 입국했습니다. 그 다음 해에도 언더우드와 아펜젤라가 역시 선교사로 입국했습니다.

입국이 허용되고 또 선교가 시작될 때 선교의 대상은 보잘것없는 가난한 서민층, 길거리에서 오갈 데 없는 고아에서부터 시작했습니다.

그 당시 어려운 자들을 모아 세운 학교가 지금의 경신학교와 정신학교라고 이야기힙니다.

특히 김규식 선생 같은 분은 불우한 소년이었다고 합니다. 아버지는 정배를 당했고, 어머니마저 큰 충격을 받아 세상을 떴습니다.

그래서 그는 할 수 없이 친척집에서 살고 있었는데 그 집도 가난해서 그를 도울 수 있는 경제적인 여건이 안 되었다고 합니다.

하루는 언더우드 선교사가 김규식 어린이가 앓고 있는 집을 방문했습니다. 그는 몹시 앓고 있어서 포데기로 싸여진 채 죽기만 바라면서 방 윗목에 놓여 있었습니다.

언더우드 선교사는 그 아이가 너무나도 불쌍해서 데려다가 치료를 해주고 경신학교에 입학시켜 그를 교육시켰습니다.

그러나 김규식 어린이는 자신의 불우한 처지를 한탄하지 않고 열심히 공부를 했다고 합니다.

언더우드 선교사는 그의 열성적인 학구열에 감탄하여 그를 미국으로 유학을 보내 박사학위까지 취득하게 하고 귀국케 했습니다.

그는 귀국 후 바로 경신학교에서 청소년을 가르쳤고, 또 YMCA에서 학생부 지도간사로 활동했습니다.

그 후 그는 해외로 망명하여 나라를 위해 독립운동을 했고 진실한 평신도 지도자였습니다.

예수님의 제자들은 어떠한 환경에 처할지라도 남을 원망하지 않고 자신에게 맡겨진 일을 성실하게 해내는 것입니다.

예수님의 제자들은 좌절이 있을 수 없습니다. 예수께서 말씀하시기를 '내가 세상 끝날까지 너희와 항상 함께 있겠다'고 약속하셨기 때문입니다.

곡식은 속이 찰수록 무거워지고 또 잘 익어 간다고 합니다.

아무리 어려운 상황에 부딪힌다 할지라도 본문의 말씀을 믿고 노력해 갈 때 김규식 선생님처럼 성공하는 삶을 살 수 있는 것입니다.

제2의 해방

"그러므로 이제 그리스도 예수 안에 있는 자에게는 결코 정죄
함이 없나니. 이는 그리스도 예수 안에 있는 생명의 성령의 법이
죄와 사망의 법에서 너를 해방하였음이라."(로마서 8 : 1~2)

우리 민족이 일제의 압박과 설움 그리고 쇠사슬에서 벗어난 지
벌써 반세기가 넘었습니다.

그 당시 우리들은 너무나 기뻐서 목이 터져라 만세를 외쳤고 그
날의 감격과 환희는 말로 형언하기 어려울 정도로 컸습니다.

당장 독립이 되니 자유를 만끽하고 행복을 얻어 부강한 나라가
될 줄 알았습니다.

그러나 만사는 우리 생각대로 되지 않았음을 지난 역사가 말해
주고 있습니다.

자유의 적인 공산주의가 국토를 분단시켰고 6 · 25전쟁을 일으
켰으며, 그로 인해 우리 민족은 가슴 아픈 동족상잔의 비극을 감수
할 수밖에 없었습니다. 그리고 내부로부터 생기는 각종 사탄은 이
민족이 발전해 가는데 방해를 하고 자유를 빼앗아 갔습니다. 또 국

민 된 권리를 행사하지 못하고 서로 모략 중상하는 아수라장 같은 일들은 우리들 가슴을 너무나 아프게 했습니다.

사도바울 선생께서는 갈라디아서 5장 1절에 '그리스도께서 우리를 자유케 하려고 자유를 주셨으니 그러므로 굳게 서서 다시는 종의 멍에를 메지 말라'고 했습니다.

'자유'란 하나님께서 주신 은총인 것입니다. 이 선물을 신앙으로 받아들여서 우리들의 인격과 생활 속에서 품성화하고 체질화하는 노력을 해야 합니다. 그리고 내 몸에 맞는 옷을 맞춰 입는 것같이 알맞게 재단을 하는 주인의식을 길러야 합니다.

독일의 철학자 칸트는 '하나님은 인간을 자유롭게 창조하셨기 때문에 인간은 자신의 힘을 현명하게 사용하는 방법을 배우기 위해 자유롭지 않으면 안된다'고 했습니다.

우리 민족은 1945년 8월 15일을 기해서 육적인 해방은 이루어졌습니다. 그러나 오늘날까지 영적 해방이 이루어지지 않고 있다는 점에 주목해야 합니다.

이집트를 탈출한 이스라엘 백성이 가나안 땅에서 자유의 백성이 되기 위해 40년간을 시내광야에서 고난과 시련의 역경을 거쳐야만 했던 일을 상기해 봅시다.

노예의 상태에서 사슬이 벗겨졌다 하여 즉시 자율적으로 되는 것은 아닙니다. 노예로서의 근성을 완전히 뿌리뽑고 자유인으로서의 장점을 서서히 성숙시켜 가면서 참된 정신을 뿌리내려 성장시키려면 상당한 시간과 훈련이 필요한 것입니다.

이스라엘 민족이 유월절 절기를 그때나 지금이나 간에 감격적으로 민족이 출애굽했을 당시를 상기하면서 변함없이 지켜오고 있는 것은 출애굽기의 구심점을 더욱 굳게 굳혀 나가는 민족전통을 세우자는 뜻이라고 볼 수 있습니다.

우리 민족도 '해방'을 하나님께서 허락하신 은혜와 선물이라고 믿는다면 1945년 8·15 광복절을 우리 민족의 구심점으로 하여 잘못된 것은 과감히 개혁하고 좋은 점은 더욱 활성화하여 발전시켜 나가야 될 것입니다.

사랑하는 청소년 여러분! 우리가 어떻게 해야 제2의 해방을 맞이할 수 있을까요?

본문 말씀을 그런 관점에서 살펴보기로 하겠습니다.

첫째, 성령을 좇아 행하는 사람이 되어야 합니다.

한국 교회가 이 나라를 해방시키는 데 절대적인 역할을 한 것을 부인할 사람은 없을 것입니다.

하나님께서는 인간 구원의 뜻을 이루시기 위해 100여 년 전 한국에 복음의 씨를 심으셨고, 그 후 이스라엘 민족과 같이 고난을 통해 한국 민족을 사랑하셨습니다. 그리고 선교사들을 통해 문맹자를 가르쳐 우리 민족에게 신학문에 눈뜨게 해주셨습니다. 뜬 눈으로 성경 말씀을 배워 새로운 민족의식을 고취시켰고, 자유의 중요성을 깨닫게 했습니다.

그리고 여러 가지 질병으로 고통을 당하는 사람들에게 건강을 회복시켜 주는 의료기관도 설립하고, 각종 신지식을 교회를 통해 배우고 깨닫게 했습니다.

그 후 일제의 압제 속에서 자유를 찾게 하는 일도 교회를 통해서 일깨워 오셨던 것입니다.

이는 하나님께서 우리 민족을 사랑하셨기 때문입니다. 그것은 사랑하는 자식에게 주는 부모의 따뜻한 정과 같은 것입니다. 민경배 교수가 저술한 《한국교회사》에 보면, 일본은 한국을 통치하는 문제 중에서 한국교회가 가장 문제점이 많다고 보고, 1945년 8월 18일을 기해 한국교회 지도자를 모조리 살해할 계획을 세웠다고 합니다. 그러나 하나님께서는 그날이 오기 3일 전 8월 15일에 우리가 마음껏 여호와의 성호를 찬양하고 힘껏 소리내어 기도하며 복음을 전할 수 있는 자유를 허락하셨습니다. 바로 이 점은 아무리 생각해도 인간의 생각으로서는 도저히 어쩔 수 없는 일입니다.

아무리 생각해도 여호와의 뜻이 이루어진 것입니다.

그렇다면 미래의 주인공인 청소년 여러분들도 그리스도 안에서 살아가야만 진정한 자유를 얻게 될 것입니다.

시편 27편 1절에 '여호와는 나의 빛이요 나의 구원이시니 내가 누구를 두려워하리요. 여호와는 내 생명의 능력이시니 내가 누구를 무서워하리요' 하신 말씀대로 이를 굳게 믿고 미래의 삶을 창조해 갈 때 제2의 해방인 영적 해방을 얻을 수 있으리라 확신합니다.

둘째, 그리스도 안에서 지혜를 구하는 자가 되어야 합니다.

잠언 1장 7절에 '여호와를 경외하는 것이 지식의 근본이며 그리스도를 섬기며 예배드리는 일'이라고 했습니다.

세상에는 선과 악이 공존하고 있습니다. 그래서 잠언 말씀대로, 지식의 근본인 여호와를 먼저 알고 그 말씀대로 사는 자는 '진리가 너희를 자유케 하리라'고 했습니다. 또 요한복음 14장 6절에 '내가 곧 길이요 진리요 생명이니 나로 말미암지 않고는 아버지께로 올 자가 없느니라' 했습니다.

미래의 주인공인 청소년 여러분들이 하나님을 모시고 지혜를 얻어 영적 해방을 얻기를 그리스도의 이름으로 소망해 봅니다.

온전한 자유

> "또 충성된 증인으로 죽은 자들 가운데서 먼저 나시고 땅의
> 임금들의 머리가 되신 예수 그리스도로 말미암아 은혜와 평강이
> 너희에게 있기를 원하노라.
> 우리를 사랑하사 그의 피로 우리 죄에서 우리를 해방하시고."
>
> (요한계시록 1 : 5)

1884년 이 나라에 하나님의 말씀이 들어와 우리 나라가 근대화 될 수 있는 절대적인 구심 역할을 했습니다. 그리고 머리가 깬 수많은 사람들이 희생되면서 나라 발전에 빛과 소금의 역할을 해 왔습니다.

이 나라가 일제 치하에 속박되어 재산과 글과 말과 생명까지 빼앗겼을 때 나라의 장래를 걱정하여 목숨을 걸고 싸운 사람들이 신앙인 중심이었다는 것은 엄연한 역사적 사실입니다.

경기도 수원시에서 오산 쪽으로 가면 제암리 교회가 있습니다. 이 교회는 3 · 1독립운동시 만세를 불렀다는 이유로 일본 경찰들이 전교인을 교회당에 모아놓고 기름을 뿌려 불을 질러 모두 죽게 했습니다.

첫째로는 정직하고 순박한 수많은 기독교인들이 희생되었기에 오늘날 교회의 성장이 있게 된 것을 알아야 합니다.

해방이 되고 한국이 발전하고 나니 일본인들이 속죄하는 의미로 순교지에 위령탑도 세우고 교회도 새롭게 세우고 해서 순교지로 남아 있습니다.

우리는 그곳을 볼 때마다 가슴을 여미고 우리 민족의 얼이 그곳에 영원히 살아 있다는 것을 느끼게 됩니다.

둘째로는 우리나라가 개화되는 과정에서 기독교가 절대적인 역할을 했습니다.

기독교가 이 나라에 들어올 때는 우리 나라가 쇄국정책을 쓰고 있을 때였습니다. 그때 기독교가 들어와서 새로운 지식을 받아들여 생활의 합리화를 이룩했던 것입니다. 그러므로 식생활, 주생활, 의생활을 개선해 가면서 문호를 개방하여 선진국의 기술 및 문화를 받아들이게 된 것입니다.

이 과정에서 반대도 많았으나 지금에 와서 뒤돌아보면 그 당시 반대했던 자들의 뜻을 따랐다면 지금 우리나라는 어떻게 되었을까 생각하면 앞이 캄캄합니다.

셋째로는 민족정신을 혁신하여 새 바람을 일으킨 사실입니다. 즉 민족정신이 갱신되었다는 사실입니다. 그러므로 기독교는 우리 민족의 개혁의 새 바람을 일으킨 정신적 지주가 된 것입니다.

하나님께서는 우리 인간들에게 무한한 은혜를 주고 계심을 알 수 있습니다.

시편 84편 11절 말씀에서 하나님께서는 인류에게 값 없이 은혜를 주시고 계심을 알 수 있고, 고린도전서 3장 10절에서는 봉사의 능력 주심을 알 수 있으며, 고린도후서 1장 12절에서는 진실한 생을 영위케 하심을 볼 수 있습니다.

또 그리스도의 사랑은 불변의 사랑이요, 자기 희생과 죽음으로 증명된 사랑임을 우리는 알아야 합니다. 또 그리스도의 보혈은 우리를 죄에서 해방케 한다고 했습니다.

마태복음 26장 28절에 '이것은 죄사함을 얻게 하려고 많은 사람을 위하여 흘리는 바 나의 피 곧 언약의 피니라' 하신 말씀과 같이 그리스도의 피는 우리들을 모든 죄악에서 해방시킨 피가 된 것입니다.

일본의 어느 목사님이 '나는 나의 일생을 살아가는 동안 2개의 J를 위해서 살아갑니다. 하나의 J는 Jesus이고, 또 하나는 Japan입니다'고 말했다고 합니다. 이것은 천만 신도를 가진 한국의 목회자들이나 평신도들이 새로운 생의 가치관을 정립해야 된다는 자극제입니다.

그리스도와 일본을 위해서 살아가는 일본의 한 목사는 정말로 하나님 나라와 일본을 건설하는 위대한 목자입니다.

한국교회 2세기를 출발하는 거룩한 땅 대한민국에 살고 있는 2000년대의 주인공인 여러분들은 광복 50여 년 동안 하나님께서 주신 축복에 진심으로 감사드려야 합니다.

그리고 청소년 여러분들은 지금의 사회적 상황만 보고 모든 것을 판단하거나 전망하지 말고 이전의 역사적 상황과 사회적 배경을 잘 관찰 검토하여, 역사 앞에 겸손한 자세로 기성세대인 선배들의 노고를 인정하고 감사할 줄 알아야 될 것입니다.

일본의 목회자는 일생을 2개의 J를 위해서 살겠다고 했는데 청소년 여러분들은 무엇을 위해서 살아가시렵니까?

여러분들은 '제2의 광복'을 향해 나아갈 주체입니다.

여기서 여러분들께 제의하고 싶습니다. 2개의 C를 위해서 여러분들의 생애를 살아달라고 말입니다.

하나는 Christ인 C를 위해서, 또 하나는 Corea인 C를 위해서 살아가십시오. 영원한 구주 그리스도와 나의 조국 한국을 위해서 말입니다.

여러분들은 '제2의 광복'을 이룩해야 할 역사적 과제 앞에 서 있는 것입니다. 그리고 우리나라가 복음화되어 모든 죄에서 해방되고, 또한 어서 속히 통일이 되어 분단의 슬픔에서 해방되는 길입니다.

여러분들이 2개의 C를 위해서 일생을 바칠 때, 성경 말씀대로 충성된 증인이시요 땅의 임금들의 머리가 되신 그리스도로 말미암아 청소년 여러분들의 생애에 은혜와 평강이 넘칠 것이고, 여러분들을 사랑하사 그 보혈로 우리 민족을 죄에서 해방시켜 주실 뿐 아니라 영원한 영적 해방을 맞이하게 될 것을 믿으시길 바랍니다.

회개하는 민족

"나 주 여호와가 말하노라. 이스라엘 족속아 내가 너희 각 사람의 행한 대로 국문할지라. 너희는 돌이켜 회개하고 모든 죄에서 떠날지어다. 그리한즉 죄악이 너희를 패망케 아니하리라. 너희는 범한 모든 죄악을 버리고 마음과 영을 새롭게 할지어다. 이스라엘 족속아 너희가 어찌하여 죽고자 하느냐."

(에스겔 18 : 30~31)

우리 민족은 분단된 비극에 대해서 회개하는 민족이 되어야 합니다. '회개'는 히브리어로 '슈브(sub)'라는 단어로 표현되며 그 뜻은 '돌아온다, 돌이킨다'입니다.

회개와 돌이킨다는 말은 절대자 하나님에 대한 복귀를 뜻하는 내용입니다. 즉 구체적인 방향 전환과 고상한 의미에서의 '온전한 변화'를 뜻하는 것입니다. 고백이나 회심보다 자아의 과오를 더 강하게 느끼면서 그에 따르는 심적 고통을 느끼는 정신적 상태를 말합니다.

그러므로 '회개'라는 말은 단순한 뉘우침이나 깨달음을 말하는 것이 아닙니다. 그것은 이제까지 살아오던 삶의 방식에서 방향을 바꾸고 자신의 삶 전체를 하나님 앞에 내어놓고 하나님의 기준으로 자신을 판단하여 죄를 깨닫는 것입니다.

죄를 깨닫고 하나님께서 주시는 사죄의 은총을 기다리며, 하나님의 뜻대로 온전히 주님께 나 자신을 바치겠다는 180도의 전환이 바로 '회개'입니다.

요즈음 우리가 사는 우리나라의 사회 도덕은 땅에 떨어져 사람다운 구실을 못하고 있습니다. 민족의 앞날을 위해 빛과 소금의 사명을 담당해야 할 기독교인들의 신앙생활이 형식에 치우쳐 하나님의 뜻을 감지해야 할 영은 병들어 울부짖고 신음하고 있는 형편이 아닌가 싶습니다.

앞의 성경 말씀은 하나님께서 에스겔 선지자를 통해 우리 민족의 죄로 심각해진 상태를 책망하시고 계십니다.

하나님께서는 신앙의 많은 선배들과 교역자들을 통해 회개를 촉구하고 계십니다. 또한 하나님께서는 아버지의 사랑으로 계속해서 회개의 길을 보여주시고 하나님의 백성인 우리들이 회개하길 기다리시며 섭리하신다는 사실입니다.

우리들은 때때로 죄를 짓고 길에 굴러다니는 돌처럼, 길바닥에 버려져 있는 구겨진 휴지처럼 우리 자신을 천박하게 취급할 때가 있습니다.

그러나 이러한 경우라도 하나님은 회개할 수 있도록 말씀을 통해 길을 열어 주시고 하나님의 품으로 돌아오도록 계속 인도해 주십니다. 뿐만 아니라 우리를 용납해 주시며 버리지 않으시고 끝까지 보살펴 주시는 주의 사랑에 감격하지 않을 수 없습니다.

그래서 독일의 철학자 니체는 '사랑으로 하는 일은 언제나 선과 악을 넘어선 곳에 있다'고 했던 것입니다.

그럼에도 불구하고 멋대로 하나님을 떠나고 하나님에게서 등을 돌리고 우리의 고집과 기분대로 살면서 죄 짓기를 물 마시듯 거듭하고 있습니다.

하나님께로 돌아오기는커녕 점점 멀어져 가는 우리 민족에게 말씀을 통해 회개를 촉구하고 계신 것입니다.

'죄'가 '죄'인 줄 알지 못할 때는 회개할 수 없습니다.

회개하기 위해서는 우선 진실한 마음으로 바로 나 자신이, 우리 민족이 지은 죄를 깨달아 아는 일입니다.

지난 100여 년간 우리 민족은 많은 죄를 범했습니다.

일제 치하에서 신사참배를 거부하지 못하고 신사참배한 죄, 친일파들이 동족인 우리 민족의 애국을 일본에게 고발한 죄, 6·25 동란 때 동족이 동족에게 총을 겨누고 죽고 죽이고 질시하며 불화한 죄 등 이외에 감춰진 우리의 모든 죄를 하나님께 낱낱이 드러내 고백해야 합니다.

하나님께 모든 죄를 고백하면 우리 죄를 사하시고 우리 민족에게 구원을 주시고 계속해서 축복을 약속해 주실 것입니다.

둘째로 우리 민족은 모이기만 하면 파당을 지어 쉽게 분열합니다. 생각이 다르다고, 출생지가 다르다고, 자란 환경이 다르다고, 배운 학교가 다르다고 쉽게 갈라집니다.

교회 역시 문자적인 해석으로 많이 분열하는 잘못을 저질렀습니다.

분열된 지역, 씨족, 단체 등에 생기는 질시, 반목, 인권다툼 등으로 일어났던 갈등을 회개해야 합니다.

한국 교회사는 1909년의 사경회의 회개운동을 이렇게 기술하고 있습니다.

'많은 사람들 앞에서 사람들이 자신에게 깊숙이 숨겨 있던 살인죄, 도둑질한 죄, 강간한 죄, 간음한 죄 등을 폭로했는데 당시 회개하며 울부짖는 소리가 폭포 소리와 같았다.'

우리 민족의 1909년의 회개운동은 하나님의 섭리였습니다. 회개한 우리 민족에게 하나님은 해방을 선물로 주셨습니다.

이젠 우리 민족의 통일을 위한 회개운동이 절실한 때입니다. 회개하기만 하면 용서해 주신다고 하셨습니다. 그리고 이전의 죄를 기억하지 않고 사랑해 주시며 이 민족의 앞날을 책임져 주시겠다고 말씀하셨습니다.

그래서 반만년 역사를 자랑하는 우리 나라를 하나님이 택한 백성으로 삼아 주신다는 말씀입니다.

사랑하는 청소년 여러분! 우리 민족의 잘못을 주님께 솔직히 내어 놓고 회개하십시다.

우리의 마음과 영이 하나님으로부터 새롭게 되고 온전한 충성과 헌신을 약속하는 여러분이 되시길 기원합니다.

청지기의 생활

"만물의 마지막이 가까왔으니 그러므로 너희는 정신을 차리고 근신하여 기도하라. 무엇보다도 열심으로 서로 사랑할지니 사랑은 허다한 죄를 덮느니라.

서로 대접하기를 원망 없이 하고 각각 은사를 받은 대로 하나님의 각양 은혜를 맡은 선한 청지기같이 서로 봉사하라.

만일 누가 말하려면 하나님의 말씀을 하는 것같이 하고 누가 봉사하려면 하나님의 공급하시는 힘으로 하는 것같이 하라.

이는 범사에 예수 그리스도로 말미암아 하나님이 영광을 받으시게 하려 함이니 그에게 영광과 권능이 세세에 무궁토록 있느니라. 아멘."(베드로전서 4 : 7~11)

금년도 결실의 달이 눈앞에 다가왔습니다. 농부들이 1년간 노력한 땀의 결과가 들판에 무르익어 가는 것을 볼 수 있습니다. 마찬가지로 여러분들의 노력한 결과도 결실로 열매 맺을 날이 다가오고 있어 마음이 더욱 바쁘리라 생각됩니다.

이런 때일수록 자신감을 가지고 안정된 마음으로 확인하면서 완전히 자기 것이 되도록 총정리해야겠습니다.

새벽에 높은 산에 올라가 눈을 감고 기도로서 알차게 하루를 설계하고 나도 '할 수 있다'는 자신감을 갖고 모든 일을 시작하는 나날이 된다면 진정 가치 있는 시간이 될 뿐 아니라, 자신들이 원하는 열매를 맺을 수 있을 것입니다.

본문 말씀에서 주님이 원하는 선한 청지기의 생활을 어떻게 해야 되느냐를 같이 생각해 봅시다.

말씀의 내용을 보면 선한 청지기의 생활은,

첫째로 받은 은혜를 충만하게 하는 생활과,

둘째로 받은 은사를 활용하는 생활을 주님이 원하는 방향으로 나아가야 함을 알아야 됩니다.

그러면 받은 은혜를 충만케 하는 생활은 어떻게 해야 될까요 ?

하나님께서는 기독교인들에게 사랑의 은혜를 주셨습니다.

즉 부자간의 사랑이라든지 형제간의 사랑, 친구간의 사랑, 그리고 하나님의 사랑 등이 있는데 이러한 사랑이 은혜를 충만하게 하는 것은 결코 쉬운 일이 아닙니다.

말씀의 내용은 다음과 같이 우리 인간들에게 교훈해 줍니다.

첫째, '정신을 차리고'라고 했습니다.

정신을 차린다는 말은 술이나 담배를 먹지 말고 맑은 정신으로 온전하고 침착하고 냉정하면서도 진지하게 이성을 갖는다는 말입니다. 곧 흥분하지 않고 심령과 영혼을 올바로 간직해야 한다는 뜻이기도 합니다.

온전한 정신이 없는 사람은 하나님의 사랑을 온전히 실천할 수도, 주신 은혜를 충만케 할 수도 없기 때문입니다.

둘째, '근신하여'라고 했습니다.

즉 흥분하지 아니하고 차분히 늘 깨어서 열심으로 기도하며 스스로를 올바로 세우기 위해 몸을 추스려야 한다는 뜻입니다. 그러니까 방심하지 말고 경계하여 주의하며, 불성실하지 않고 신중하게 계획적으로 십자가의 참뜻을 음미하면서 성실하게 살아가라는 뜻입니다.

셋째, '기도하면서'라고 했습니다.

예수님께서는 '자기를 사랑하라는 모든 유혹과 시험을 물리치고', 즉 마귀를 사랑하라는 모든 유혹과 시험을 물리치고 때로는 한적한 곳에서, 때로는 글방에서, 때로는 성전에서, 때로는 산골짜기에서, 때로는 산상에서, 때로는 마지막 십자가 위에서 기도하셨습니다. 우리들의 삶의 푯대요 생명이신 그리스도께서 그러셨듯이 여러분들도 쉬지 않고 기도한다면 하나님의 극진한 사랑을 실천할 수 있을 것입니다.

하나님의 진정한 사랑의 실천은 기도 없이는 불가능합니다. 기도 없이 사랑한다는 것은 일종의 형식에 불과하며, 구름이 없는 데서 비를 내리게 하는 것과 같은 것입니다.

이런 자들은 십자가 앞에서 배반하고 도망가고 마는 거짓 사랑의 소유자입니다.

인간은 모태에서 태어날 때부터 욕구 충족을 위해 생존하는 것입니다. 그래서 여러분들은 욕구를 만족시키기 위해 최선을 다해 노력해야 할 것입니다.

그런데 인간의 노력보다 선행되어저야 할 것이 있습니다. 그것은 바로 기도하는 것입니다. 기도로 간절히 간구한다면 분명 여러분들의 노력이 헛되지 않을 것입니다.

넷째는 '열심으로 사랑해야 된다고' 말했습니다. 부지런함, 즉 쉬지 않고 꾸준히 열심히 하면 매사가 성공적입니다. 사랑에도 열심이 없으면 곤란해집니다.

하나님의 사랑은 십자가의 대속(代贖)의 은혜가 있는 곳에만 허다한 죄가 덮이고 가리워지게 됩니다.

인간은 누구나 죄인입니다. 세상엔 남의 허물을 들쳐내고 정죄할 만큼 자신 있는 사람이 한 사람도 없습니다.

예수는 범죄한 여인을 죽이려고 돌을 들고 따라온 자들에게 '너희 중에 죄 없는 자가 먼저 돌로 치라'(요 8 : 7)고 하자 사람들이 다 물러가고 아무도 그 자리에 남지 않았습니다.

세상 사람은 누구나 '자기 눈에는 들보를 가진 사람들'(마 7 : 3)이기 때문에 감히 다른 사람에게 사랑이 부족하다고 나팔 불고 다녀도 괜찮을 사람이 한 사람도 없는 것입니다.

다음은 대접의 은혜를 생각해 봅시다. 대접은 어떻게 해야 덕이 되고 은혜스러울까요 ?

첫째, 대접은 진심으로 자기 마음에서 우러나서 해야 됩니다. 만약 대접하기 싫은 것을 억지로 대접한다면 복을 받지 못할 뿐 아니라 칭찬받을 수조차 없습니다.

둘째, 누가복음 10장 40절 말씀에 '마르다'가 주님을 대접할 때에 마리아를 원망하면서 대접했기 때문에 주님께서는 부담스럽게 느끼셨습니다.

남을 대접할 때는 모든 것을 희생하면서 대접함이 바로 축복받는 길입니다.

셋째, 남을 대접할 때는 받을 생각을 하지 않고 행하는 것이 진정한 대접이요 은혜의 결실입니다.

여러분들은 그리스도의 이름으로 낳아 주시고 길러 주시고 가르치시는 모든 분께 대접할 수 있는 사랑과 은혜를, 선한 청지기의 생활을 실천하시길 기원합니다.

전진하라

"엘리사가 가로되 여호와의 말씀을 들을지어다. 여호와께서 가라사대 내일 이맘때에 사마리아 성문에서 고운 가루 한 스아에 한 세겔을 하고 보리 두 스아에 한 세겔을 하리라 하셨느니라.

그때에 한 장관 곧 왕이 그 손에 의지하는 자가 하나님의 사람에게 대답하여 가로되 여호와께서 하늘에 창을 내신들 어찌 이런 일이 있으리요. 엘리사가 가로되 네가 네 눈으로 보리라. 그러나 그것을 먹지는 못하리라 하니라.

성문 어귀에 문둥이 네 사람이 있더니 서로 말하되 우리가 어찌하여 여기 앉아서 죽기를 기다리랴.

우리가 성에 들어가자고 할지라도 성중은 주리니 우리가 거기서 죽을 것이요 여기 앉아 있어도 죽을지라. 그런즉 우리가 가서 아람 군대에게 항복하자. 저희가 우리를 살려 두면 살려니와 우리를 죽이면 죽을 따름이라 하고."(열왕기하 7 : 1~4)

인간에게는 내적인 적과 외적인 적이 있습니다.

로마의 한 철학자는 '사람에게 있어서 가장 큰 적은 자기 마음 속의 적이다'고 했습니다.

내적인 적은 하나님의 능력에 대한 불신을 말하고 외적인 적은 환경적인 역경을 말하는 것입니다.

이 두 가지 적을 어떻게 해야 물리치며 살 수 있을까요?

첫째로 내적인 적을 물리치는 길이 무엇인가를 찾아봅시다.

내적인 적은 외적인 적보다 더 무서운 것입니다. 왜냐하면 우리의 마음속에서 일어나는 내면적인 적이기 때문입니다.

그러나 우리는 하나님의 말씀을 통해 내적인 적을 물리칠 수 있습니다.

이스라엘 왕과 장관은 기근이 심하자 그만 내적인 적에게 항복하고 말았습니다.

그러나 엘리사는 떡이 아닌 하나님의 말씀으로 살았습니다.

'내일 이맘때에 사마리아 성문에서 고운 가루 한 스아에 한 세겔을 하리라 하셨느니라'고 엘리사가 선포하자 왕의 장관은 '여호와께서 하늘에 창을 내신들 어찌 이런 일이 있으리요' 라고 했습니다.

엘리사와 장관의 말은 서로 다른 입장에서 하나님의 말씀을 받아들이고 있습니다.

우리는 이 세상에 살면서 항상 두 가지 음성을 듣습니다. 하나는 '엘리사의 음성'이며 다른 하나는 '장관의 음성'입니다.

엘리사의 음성은 믿음의 음성이며, 장관의 음성은 절망의 음성입니다.

절망의 음성은 파탄에 이르게 하지만 믿음의 음성은 우리에게 굳건한 믿음과 소망과 담대한 용기를 줍니다.

그리스도인들은 하나님의 말씀이 있는 이상 결코 절망할 수가 없습니다. 그래서 하나님 편에 서 있는 사람은 내적 원수를 물리치고 승리하는 신앙생활을 하게 되는 것입니다.

둘째, 외적인 적을 물리치는 길은 무엇일까요?

사마리아 성 밖에 네 사람의 문둥이가 앉아 그들의 앞날에 대해 이야기하고 있었다고 했습니다.

그들은 '우리가 어찌하여 여기 앉아서 죽기를 기다리랴. 우리가 성에 들어간다고 할지라도 성중은 주리니 우리가 거기서 죽을 것이다'고 했습니다.

그들은 비록 몸은 처량하게 병들었지만 마음은 그렇지가 않았습니다.

그들은 부정적인 절망의 세계로는 들어가지 않기로 결의했습니다. 그들은 '여기 앉아서 죽을지라'고 말함으로써 결코 좌절하지 않겠다는 의지를 보여주었습니다.

오늘날 사람들은 역경에 처하면 목표를 상실하고 삶의 의욕을 잃어버린 채 그대로 주저앉아 버리고 맙니다.

이러한 사람은 정신적으로 이미 무덤에 들어간 것이나 다름이 없습니다.

네 문둥이는 목표가 없는 허망한 사람, 삶의 의욕을 잃은 사람이 되지 않기로 결의한 것입니다.

즉 성 안은 굶주리고 있으므로 들어가도 죽고 그렇다고 좌절해도 죽을 것이니 희망이 있는 곳을 향해 죽든지 살든지 전진하자고 결단을 내린 것입니다. 그들의 결단은 우리에게 큰 감동을 줍니다. 그들의 태도야말로 그리스도인이 지녀야 할 태도입니다.

하나님께서는 이런 태도를 지닌 사람과 함께 하십니다.

'나는 못한다', '나는 할 수 없다', '나는 죽는다', '이제는 절망밖에 없다'라고 하는 사람은 결코 하나님의 역사를 체험할 수가 없습니다.

'아무리 큰 역경이 다가올지라도 나는 희망을 포기하지 않겠다,

아무리 사람들이 멸시하고 천대할지라도 좌절하지 않겠다, 살든지 죽든지 긍정적인 태도를 가지고 전진하겠다'라는 굳은 의지를 가지는 사람만이 하나님의 역사하심을 체험할 수 있습니다.

엘리사는 하나님의 말씀에 대한 믿음을 포기하지 않았습니다. 그러나 왕의 장관은 믿음을 포기했습니다. 엘리사는 말씀 위에 서서 낙심하지 않았던 것입니다. 나아가서 흔들리지 않는 '문둥이들의 담대한 용기의 행진'입니다.

인간의 극한 상황, 절대 절망은 하나님 앞에서는 절대 가능, 절대 소망의 출발이 됩니다. 이 때문에 우리는 어떠한 역경에 처하든지 절망해서는 안됩니다.

로마서 8장 28절에 '하나님을 사랑하는 자, 곧 그 뜻대로 부르심을 입은 자들에게는 모든 것이 협력하여 선을 이루느니라' 하신 말씀을 굳게 믿고 희망의 전진을 계속해야 합니다.

하나님께서는 주님 말씀에 기초를 둔 믿음으로 희망차게 전진하는 사람에게 나타내십니다.

이와 같은 자세를 갖출 때 영혼이 잘 됨같이 범사가 잘 되고 강건하며 영생을 얻는 성령의 역사가 여러분들의 생활 속에 나타나게 될 것입니다.

제4부

하나 된 사랑을 위하여

간절한 기도

"길가에서 한 무화과나무를 보시고 그리로 가사 잎사귀밖에 아무것도 얻지 못하시고 나무에게 이르시되 이제부터 영원토록 네게 열매가 맺지 못하리라 하시니 무화과나무가 곧 마른지라. 제자들이 보고 이상히 여기어 가로되 무화과나무가 어찌하여 곧 말랐나이까. 예수께서 대답하여 가라사대 내가 진실로 너희에게 이르노니 만일 너희가 믿음이 있고 의심치 아니하면 이 무화과 나무에게 된 이런 일만 할 뿐 아니라 이 산더러 들려 바다에 던 지우라 하여도 될 것이요 너희가 기도할 때에 무엇이든지 믿고 구하는 것은 다 받으리라 하시니라."(마태복음 21 : 19~22)

위의 성경 말씀이 오늘의 여러분들과 어떠한 관계를 갖고 있는 가를 의미 깊게 생각해 봅시다.

첫째, 열매 없는 무화과나무의 말로가 어떻게 된다는 것을 분명히 보여주셨습니다.

누가복음 13장 6절에 '포도원에 무화과나무를 심었는데 3년 동안 열매를 맺지 않아 과원지기에게 이 나무를 찍어 버려라 하니, 주인이여 한 해만 저에게 맡겨 주십시오. 만약 다음해도 열매를 맺지 않으면 찍어 버리십시오'라고 한 내용이 있습니다.

또 마태복음 3장 10절에 '도끼가 이미 나무뿌리에 놓였으니 좋은 열매를 맺지 않는 나무는 다 찍어 불에 던지우리라' 하신 것이나, 히브리서 6장 8절에 '만일 가시와 엉겅퀴를 내면 버림을 당하고 저주함에 가까와 그 마지막은 불사름이 된다'는 내용에서 우리 인간들은 이 세상에 사는 동안 그리스도께서 원하는 열매를 맺어야 됨을 말씀을 통해 증거해 주고 계십니다.

청소년 여러분들은 인생 행로 중 지금은 준비하는 과정입니다.

여러분들이 장래에 행복과 영원한 생명을 얻기 위해서는 열매를 맺어야 됩니다. 그리고 어떠한 열매를 맺어야 되느냐도 상당히 중요합니다.

여러분들 앞에는 통과해야 할 난관이 많이 있습니다. 그런데 열매 없는 무화과나무가 아니라 열매 있는 무화과나무가 되는 길을 찾아야 합니다. 그 길은 무엇이겠습니까?

그것은 눈앞에 놓인 난관을 하나씩 착실히 통과하는 길입니다. 이 난관을 통과하는 길은 오로지 하나님의 말씀에 순종하고 믿고 행하는 것입니다.

저 높은 곳을 향하여 준비하는 자의 마음 자세가 무엇임을 성경 말씀을 통해서 깨달으시고 회개하시기를 바랍니다.

둘째는 의심하지 않고 믿음을 가진 자는 승리할 수 있음을 말해 주고 계십니다.

히브리서 11장 6절에 '믿음이 없이는 하나님을 기쁘게 할 수 없습니다. 하나님께 나아가는 사람은 하나님이 반드시 계시다는 것과 하나님은 그를 찾는 사람에 상을 주시는 분이시라는 것을 믿어야 합니다'라고 했습니다.

또 야고보서 1장 5~6절에 '만일 여러분 중에 누구든지 지혜가 부족하거든 모든 사람에게 넉넉하게 주시고 꾸짖으시지 않는 하나님께 구하시오. 그리하면 얻을 것입니다. 조금도 의심하지 말고 믿고 구하시오. 의심하는 자는 마치 바람에 밀려 흔들리는 바다 물결과 같습니다'라고 했습니다.

이상의 말씀과 같이 청소년 여러분들은 하나님의 말씀을 의심하지 말고 믿어야 합니다.

예수님께서 말씀하신 대로 무화과나무가 말라 버린 것을 믿으면 이 믿음이 큰 산도 옮길 수 있다고 한 점을 의심치 말고 믿어야 됩니다.

셋째는 청소년 여러분들이 원하고 있는 일을 기도를 통해 간절히 간구하면 틀림없이 이루어짐을 성경을 통해 보여주셨습니다.

마태복음 21장 22절에 '너희가 기도할 때 믿고 구하는 것은 무엇이든지 받을 것이다'라고 한 점을 볼 때 간절한 기도란 먼저 주실 것을 믿는 일입니다.

그러면 어떻게 기도드려야 할까요?

첫째는 회개하는 마음으로 기도를 해야 합니다.

구약 역대하 7장 14절에 '내 이름으로 일컫는 내 백성이 그 악한 길에서 떠나 스스로 겸비하고 기도하여 내 얼굴을 구하면 내가 하늘에서 듣고 그 죄를 사하고 그 땅을 고칠지라' 했습니다.

둘째는 전심진력으로 기도를 해야 합니다.

구약 에레미야 29장 13절에 '너희가 진심으로 나를 찾고 찾으면 나를 만나리라' 하신 말씀을 믿고 전심전력하여 기도해야겠습니다.

셋째는 믿음으로 기도해야 합니다.

마가복음 11장 24절에 '그러므로 내가 너희에게 말하노니 너희가 기도하여 구하는 것은 무엇이든지 이미 그것을 얻은 줄로 믿으라' 하신 점을 볼 때 간절한 기도의 응답은 믿음을 통해서 이루어 주심을 말씀해 주고 계십니다.

넷째는 의로운 기도를 해야 합니다.

야고보서 5장 16절에 '그러므로 여러분은 서로 죄를 고백하고 서로를 위하여 기도하시오. 그리하면 낫게 될 것입니다. 의인의 간구는 역사하는 힘이 많습니다' 했습니다.

의로운 사람의 간절한 기도에 성령이 역사하실 때 엄청난 힘이 생김을 확신하십시오.

다섯째, 순종하는 마음으로 기도해야 합니다.

요한일서 5장 22절에 '우리가 구하는 것은 무엇이든지 그에게서 얻을 것입니다. 그것은 우리가 계명을 지키고 그의 기뻐하시는 일을 행하고 있기 때문입니다'라고 했습니다.

저 높은 곳을 향하여 달려가려면 우리는 어떻게 해야 될까요?

그것은 주님이 우리 인간들에게 지키라고 정하신 계명을 지키는 일이고, 다음으로 주님이 기뻐하시는 일만 행하는 일입니다.

그러기 위해서는 여러분들이 살고 있는 현실 속에서 주님의 말씀에 모든 근거를 두고 소망을 향해 열심히 그리고 간절히 기도하는 것입니다.

유비무환

"미련한 자들이 슬기 있는 자들에게 이르되 우리 등불이 꺼져 가니 너희 기름을 좀 나눠 달라 하거늘 슬기 있는 자들이 대답하여 가로되 우리와 너희의 쓰기에 다 부족할까 하노니 차라리 파는 자들에게 가서 너희 쓸 것을 사라 하니, 저희가 사러 간 동안에 신랑이 오므로 예비하였던 자들은 함께 혼인 잔치에 들어가고 문은 닫힌지라. 그 후에 남은 처녀들이 와서 가로되 주여 우리에게 열어 주소서. 대답하여 가로되 진실로 너희에게 이르노니 내가 너희를 알지 못하노라 하였느니라. 그런즉 깨어 있으라. 너희는 그 날과 그 시를 알지 못하느니라."(마태복음 25 : 8~13)

인간은 삶을 살아가는 데 있어서 많은 준비가 필요합니다. 즉 먹을 것, 입을 것, 살 곳이 필요하므로 인생을 꾸려 나가기 위한 준비를 계속해야만 하는 것입니다.

그러면 청소년 여러분들은 이 시기에 무엇을 준비해야 하는지 알아봅시다.

첫째는 성공을 위해서 학문을 준비해야 합니다.

옛말에 '소년이노 학난성(少年而老學難成)이요, 일촌광음 불가경(一寸光陰不可輕)'이란 말씀대로 학문을 하는 시기가 바로 청소년 시절이며, 이 시기는 빛이 오는 것과 같이 잠시 왔다가 가버리는 기간이라는 교훈을 남겨 주고 있습니다.

공부란 학창시절에 해야 되는 것이라는 말을 굳이 강조하지 않아도 잘 알 것입니다.

프랑스의 철학자 데카르트는 '인간에게 필요한 가장 중요한 지식은 어떻게 살 것인가와 어떻게 하면 악을 멀리하고 선을 더 많이 행할 수 있는가이다'고 했습니다.

학문적 측면에서 준비의 시기가 바로 청소년 시기이며, 이 시기에 최선을 다해 열심히 공부해서 지식을 얻어야 한다는 것입니다.

이 시대는 하나의 지구촌 시대입니다. 이 지구촌에서 살아남기 위해서는 무엇이 필요한가를 생각해 봅시다.

인간이 살아남기 위해서는 여러 가지가 필요한데 그 중 가장 중요한 것은 '힘'입니다. 이 힘 중에서도 'Knowledge Power'입니다. '아는 힘' 즉 지식을 말하는 것입니다.

이 힘이 원천이 되어 기타 다른 힘을 만들어 내고 있음을 여러분들은 잘 알고 있으면서도 이 힘을 준비하는 시기인 청소년 시기에 미련한 다섯 처녀와 같이 기름을 준비하지 않고 신랑을 맞이하려는 자는 없는지요?

우리는 자기를 반성하고 회개하여 속히 슬기로운 다섯 처녀가 되어야 할 것입니다.

우리나라가 풍전등화와 같은 위기에 있을 때 유비무환을 외치며 나라를 구한 이순신 장군의 업적을 여러분들은 잘 알고 있을 것입니다.

우리나라가 900여 회의 국난을 겪으면서도 지금과 같이 살아남을 수 있었던 것은 우리의 선조들께서 유비무환 정신으로 살아왔기 때문임을 잊지 말아야겠습니다.

앞으로 지구촌의 경쟁 속에서 이기고 살아남기 위해서는 청소년 여러분들이 책임지고 이끌어 갈 21세기를 위해 지금 무엇을 준비해야 되는가 하는 점을 잘 알고 노력해야 됩니다.

둘째, 인격 완성을 위해 노력해야 됩니다.

인간은 정신과 물질이 잘 조화를 이루어서 번영·발전해 가는 것입니다.

정신적 재산과 물질적 재산을 균형 있게 발전시키면 그 가정, 그 사회, 그 국가는 번창해 갈 수밖에 없습니다.

성경에 '모래 위에 세운 집은 쉽게 무너지지만 반석 위에 세운 집은 영원하다'는 말이 있습니다. 물질적 재산은 모래 위에 세운 집과 같은 부질없는 것입니다. 그러므로 반석 위에 집을 짓기 위해서는 정신적 지주가 튼튼해야 됩니다.

인간은 만물의 영장이라고들 합니다. 이 만물의 영장이라는 말은 만물 중에서 다른 동물이 가지고 있지 않은 지적 요소인 인격을 소유하고 있음을 말하는 것입니다. 그러면 이 인격을 갖추려면 어떻게 해야 되겠습니까?

성경 말씀에 슬기로운 다섯 처녀와 같이 등과 기름을 준비하여 신랑을 정성껏 맞이할 수 있도록 모든 준비를 갖추어야 되는 것입니다.

비유에서 주는 교훈은 마음의 문을 열고 주님을 영접하겠다는 정신적 준비 자세를 갖추라는 것입니다.

청소년들은 영적세계를 믿고 '천국은 마치 등을 들고 신랑을 맞으러 나간 열 처녀와 같다'라는 성경 말씀대로 새롭게 무장하여 생존을 위하고 성공의 고지를 향한 철저한 준비로 자신 있게 나아가야 합니다.

미련한 다섯 처녀가 문이 닫힌 후에 왔을 때 신랑께서는 '너희를 알지 못하노라' 했습니다.

그리고 '깨어 있으라 너희는 그 날과 그 시를 알지 못한다' 하셨습니다.

즉 슬기로운 처녀들은 그 날과 그 시기를 모르기 때문에 늘 깨어 있었습니다. 그래서 신랑을 영접하고 혼인 잔치에 들어가 행복한 인생을 소유하게 되었습니다.

그러므로 우리는 혼인 잔칫집의 문이 닫히기 전에, 인생의 마지막이 오기 전에, 힘찬 젊음의 날에 슬기롭게 준비할 것을 준비하고 기다려야 된다는 것입니다. 더구나 예수님이 우리의 신랑이기에 준비할 것이 너무도 많습니다.

믿음과 진실, 정결, 성결 그리고 가장 중요한 참사랑을 준비해야 합니다. 그러나 청소년에게는 아직도 기회가 많습니다.

언제 어느 순간에 문이 닫혀져 소리쳐 울부짖어도 열리지 않을지 알 수 없습니다.

그러므로 기름 준비는 지금 해야 되는 것입니다.

온전하고 바른 믿음을 소유하여 기다림으로써 예수님께서 언제 다시 오시더라도 환희에 찬 감격으로 맞이할 수 있는 은총이 여러분과 함께 하기를 기원합니다.

그리스도의 향기

"항시 우리를 그리스도 안에서 이기게 하시고 우리로 말미암아 각처에서 그리스도를 아는 냄새를 나타내시는 하나님께 감사하노라.
우리는 구원 얻는 자들에게나 망하는 자들에게나 하나님 앞에서 그리스도의 향기니 이 사람에게는 사망으로 좇아 사망에 이르는 냄새요, 저 사람에게는 생명으로 좇아 생명에 이르는 냄새라, 누가 이것을 감당하리요.
우리는 수다한 사람과 같이 하나님의 말씀을 혼잡하게 하지 아니하고 곧 순전함으로 하나님께 받는 것같이 하나님 앞에서와 그리스도 안에서 말하노라."(고린도후서 2 : 14~17)

내용인즉, 하나님께서 우리들로 하여금 그리스도 안에서 승리하게 하시고 각처에 그리스도를 아는 냄새를 나타내게 하시면서 감사하게 하셨습니다.

그리고 바울이 일시적으로는 좌절할지라도 결코 쓰러지지 않는 복음의 승리를 말해 주고 있습니다.

이와 같은 승리의 복음을 지닌 자를 통해서 언제나 그가 처하는 장소에서 그리스도를 나타내게 하셨습니다.

또한 냄새는 소리와 빛깔이 없으나 냄새의 존재를 모든 사람이 알 수 있게 했습니다.

프랑스의 황제 나폴레옹은 '승리는 가장 끈기 있는 사람에게로 돌아간다'고 했습니다.

복음을 믿은 기독교인은 그리스도를 본받으려는 그의 행동으로 말미암아 모든 사람들에게 감화를 줄 수 있음을 말해 주고 있습니다.

바울은 이와 같은 일들이 각처에서 일어난 것으로 인하여 하나님께 감사했습니다.

청소년 여러분! 인간은 누구나 어머니를 모시고 있으며 그 어머니를 좋아하지 않는 사람은 없을 것입니다. 어린 아이들은 엄마 냄새가 좋고 엄마의 그늘이 좋아서 학교에서 돌아와 대문에서부터 엄마를 부르며 들어옵니다. 그럴 때 엄마가 껴안아 주면 그 엄마 냄새가 너무나 좋아서 하루종일 학교에서 시달렸던 피로가 금방 풀리고 마는 것을 느낄 수 있습니다.

어머니에게는 이렇게 좋은 냄새, 그리운 냄새가 있습니다.

맹자는 어머니의 삼천지교(三遷之敎)로서 훌륭한 철인이 되었고, 에디슨도 선생님께서 바보로 취급했을 때 그 엄마가 용기를 주어서 '나도 할 수 있다'라는 신념으로 어머니의 기대에 부응하여 열심히 노력한 결과 세계적인 과학자가 되었던 것입니다.

어머니에게 좋은 냄새가 있듯이 그리스도에게도 아름다운 향기가 있습니다.

그렇다면 그 냄새는 무엇일까요?

본문 말씀에 그 냄새는 생명에서 생명으로 이르게 하는 냄새요, 이기게 하는 냄새요, 소망을 실어다 주는 냄새라고 했습니다.

예수님이 가시는 곳마다 사망을 이기는 생명의 향기가 풍겼고,

미움을 이기는 사랑의 향기가 풍겨났습니다

빛이 있는 곳에는 어두움이 범치 못하듯이 그리스도의 향기가 있는 곳에는 마귀와 사탄이 범치 못하고 죽음과 증오의 악취가 풍기지 못하게 하는 것입니다.

옛날 로마에서는 전쟁에서 이기고 돌아온 개선장군을 맞이할 때 성 입구에 향을 피우고 맞이했다고 합니다. 이는 개선장군과 그 부하들에게는 승리의 냄새요 영광의 냄새지만, 포로들에게는 제삿상에 피워 놓은 향불 냄새처럼 죽음의 냄새요, 공포의 냄새가 되는 것입니다.

산자의 반열에서 죽음을 이기고 미움을 이기고 병마와 가난을 이겨 생명에서 생명에로 이르는 그리스도의 향기에 취해 사는 자가 진정으로 복 있는 사람입니다.

본문 15절 말씀대로 우리가 그리스도를 영접하고 그리스도의 향기에 취해 살다 보면 우리에게서 그리스도의 향기가 풍겨나게 되고 우리 자신이 그리스도의 향기가 되는 것입니다.

인간은 직업을 속일 수가 없습니다. 왜냐하면 직업 속에서 살다 보면 자기도 모르는 사이에 그 직업의 냄새가 몸에 배는 것입니다.

마귀와 함께 살면 마귀 냄새가 몸에 배고, 그리스도와 함께 살면 그리스도의 향기가 몸에 배게 됩니다.

그러므로 지혜로운 자와 동행하면 지혜를 얻고 어리석은 자와 동행하면 실수를 하게 마련입니다.

여러분들에게 있어 현재는 일생의 기회를 닦고 있는 시기입니다. 이 기초를 어떻게 해야만 여러분들이 인생 승리의 개가를 부를 수 있을까요?

가시밭 속에서도 향기를 풍기는 백합화는 그 향기가 변함없이 만인을 즐겁게 하기 때문에 더욱 아름답습니다. 이렇게 백합화가 가시밭에서도 향기를 날린 것같이, 예수께서 가시는 곳에서는 사망을 이기는 생명의 향기가 풍겨나고 미움을 이기는 사랑의 향기가 풍겨납니다.

여러분들의 성장 과정에서 기초를 예수님 말씀에 두고 영원히 변치 않는 생명의 말씀을 받아 성장한다면 자신도 모르게 그리스도의 향기 속에서 살게 되고 그 향기를 밖으로 풍길 수가 있는 것입니다.

여러분들 앞에 전개될 광장이 위험과 유혹과 변화가 심한 가시밭길이라 할지라도 오로지 그리스도 말씀으로 무장하면 반드시 승리할 수가 있습니다. 또한 가시밭 같은 세상에서도 그리스도의 향기를 날릴 수가 있습니다.

그러므로 우리는 가시밭 같은 험한 세상을 백합화의 동산으로 만드는 한 알의 밀알이 되어 그리스도의 향기를 온 누리에 전할 수 있는 삶을 삽시다.

용기를 주시는 주님

"밤에 주께서 환상 가운데 바울에게 말씀하시되 두려워하지
말며 잠잠하지 말고 말하라.
　내가 너와 함께 있으매 아무 사람도 너를 대적하여 해롭게 할
자가 없을 것이니 이는 이 성중에 내 백성이 많음이라 하시더
라."(사도행전 18 : 9~10)

위의 말씀은 하나님께서 바울에게 새로운 용기를 주시면서 인
간이 가지고 있는 능력의 가능성을 보여주고 있습니다.

그 내용은 '두려워하지 말라'와 '모든 것을 여호와께 고하라' 그
리고 '내가 너와 함께 있으니 아무도 너를 대적치 못하리라' 하신
말씀을 명심하고 나아가라는 말씀입니다.

덴마크의 철학자 키에르 케고르는 인간을 3가지 형으로 분류했
습니다. 즉 거미형, 개미형 그리고 나비형입니다.

거미는 공들여 그물을 쳐 놓은 후에 가만히 앉아 그물에 걸려들
기를 기다리머 걸린 것을 먹고 삽니다. 그것은 그의 '영역'이기 때
문입니다.

이 거미형 인간은 젊은 날에 얻은 지식과 경험, 지위, 명성 등으

로 가만히 앉아 그것에 걸려드는 기득권만 가지고 삽니다.

이에 비해 개미는 부지런히 먹을 것을 수집하는 것에 중점을 두고 말한 것입니다.

이것은 이른바 현실 참여 계층과 같습니다. 기존 가치관, 기존 질서의 요청에 끌려서 분주하며 그 안에 자기 자리를 구축하기 위해서 자기에게 매달린 가족, 사업체 등을 유지하기 위해 급급할 뿐입니다. 결국 그의 목표는 거미가 되는 일입니다.

그러나 나비는 그 어디서도 정착하지 않습니다. 그는 꽃에서 꽃으로 전전하며 쉬지 않습니다. 화분에 있는 아름다운 꽃에 의해 살면서도 그것에 연연하여 그곳에 보금자리를 꾸미려 하지 않습니다. 마침내 머물 곳은 여기가 아니라 저 고개 너머에 있다는 듯이 말입니다.

그러나 그 나비도 언젠가는 기진해서 정착하고 말 것입니다. 그것은 필연입니다.

그런데 그 필연이 그에게 있어서는 '가능성'일 뿐 현실은 아니기에 나비로 있을 수 있는 것입니다.

우리는 현실 속에 살면서 무한한 가능성을 내다보고 있습니다. 인간은 자기의 희망이 이루어지기를 원하고 있습니다. 그래서 희망은 역사의 창조자에게만 속하는 것입니다.

영국의 한 시인은 '희망은 이를 찾는 사람을 결코 버리지 않는다'고 했습니다.

역사의 창조자는 과거에 의해 현재를 살거나 현재의 것을 미래의 보장으로 사는 자가 아니라 미래에 의해서 현재를 사는 사람입니다. 말하자면 희망으로 현재에 사는 사람을 말합니다. 이것이 바로 '젊음'입니다.

　젊음은 희망에 살기 때문에 '현실성' 안에 살면서 그것에 절대로 얽매이지 않습니다.

　그러므로 그는 어떤 것에도 정착하지 않고 나비처럼 새것을 추구하며 쉬지 않습니다.

　여러분들 역시 나비처럼 새것을 추구하기 위해 쉬지 않고 학업에 열중하며 최선을 다하고 있습니다. 그리고 상급학교로 진학하여 더 훌륭한 지식들을 탐구하려 합니다. 그래서 키에르 케고르의 말대로 나비형이 개미형으로, 개미형이 거미형 인간으로 변해 간다고 볼 수 있습니다.

　여러분은 바로 가능성에 있다는 말입니다. 그렇기에 가능성은 여러분과 일맥상통하는 동의어입니다.

　여러분들은 된 자가 아니라 될 자를 의미합니다..그리고 희망에 살기 때문에 수량을 재거나 무게로 무엇을 측정하거나 설계하지 않습니다.

　여러분들은 역사의 무대인 지구라는 바퀴가 급속도로 회전하는 것을 단신으로 저지하려고 몸을 맡긴 젊음의 희망찬 몸들입니다. 가능성이 있기에 준비하고 있어야 하는 것입니다.

　현실 속에서 자기의 희망을 이루기 위해서는 성경 말씀대로 모든 것을 주님께 맡기고 물로나 불로 들어가도 침몰되지 않고 불사르지 않음을 믿어야겠습니다.

　여러분은 젊고 준비하는 과정에 살고 있습니다.

　현실의 피나는 노력은 미래의 희망을 성취시키는 길이라 믿고 주님을 만날 수 있도록 마음의 문을 여시기 바랍니다.

모든 일은 때가 있나이다

"내가 내 파수하는 곳에 서며 성루에 서리라. 그가 내게 무엇이라 말씀하실는지 기다리고 바라보며 나의 질문에 대하여 어떻게 대답하실는지 보리라. 그리하였더니 여호와께서 내게 대답하여 가라사대 너는 이 묵시를 기록하여 판에 명백히 새기되 달려가면서도 읽을 수 있게 하라.

이 묵시는 정한 때가 있나니 그 종말이 속히 이르겠고 결코 거짓되지 아니하리라. 비록 더딜지라도 기다리라 지체되지 않고 정녕 응하리라.

보라 그의 마음은 교만하며 그의 속에서 정직하지 못하니라.

그러나 의인은 그 믿음으로 말미암아 살리라."

(하박국 2 : 1~4)

어느 목사님을 통해서 들은 한 여전도사님의 이야기를 소개하고자 합니다.

이 여전도사께서는 40세가 되어서야 결혼을 했습니다.

그 이유는 어릴 때부터 몸이 약해 늘 병원 신세를 지다가 결혼 적령기를 놓치고 30세가 되어서야 건강이 회복되어 그 후 장로교 신학대학을 졸업하고 교회를 개척하다 보니 결혼이 더욱 늦어진 것입니다.

이 여전도사는 교도소를 찾아 전도하던 어느 날 한 불쌍한 죄수를 만나게 되었습니다. 모든 사연을 들은 여전도사는 이 죄수를 위해 기도해 주기로 약속하고 기회 있을 때마다 찾아가 전도하고 위문하며 봉사를 하게 되었습니다.

그러던 어느 날 그 죄수가 부산으로 이감되게 되었습니다. 그래서 여전도사는 그 죄수의 홀어머니를 자기의 집으로 모시고 와서 공경하며 일생 동안 그를 도울 수 있는 길은 결혼하는 길밖에 없다고 생각했습니다. 그래서 그에게 청혼을 했으나 거절당했습니다.

그런 후 10년을 참고 견디면서 계속 방문하여 전도하고 위로하다 보니 그도 감동되어 드디어 결혼식을 올리게 되었다는 이야기입니다.

이렇듯 한 사람의 영혼을 구원하기 위해 뜻을 세우고 성취시키는 데 10년의 세월이 걸렸던 것입니다.

선지자 하박국은 이스라엘의 구원을 위해 하나님 앞에 기회 있을 때마다 기도드렸습니다.

아침, 낮, 밤으로 쉬지 않고 기도하면서 오랜 세월을 기다리던 중에 하나님의 음성이 하박국 선지자에게 들려온 것입니다.

우리는 여기서 모든 일은 다 정한 때가 있다고 하는 사실을 알 수 있습니다.

전도서 3장 1~8절을 보면 '천하에 범사가 다 기한이 있고 모든 목적이 다 이루어질 때가 있나니, 날 때가 있고 죽을 때가 있고, 심을 때가 있고 거둘 때가 있으며, 무너뜨릴 때가 있고 세울 때가 있으며, 울 때가 있고 웃을 때가 있으며, 슬퍼할 때가 있고 춤출 때가 있으며, 잃을 때가 있고 찾을 때가 있으며, 잠잠할 때가 있고 말할 때가 있으며, 전쟁할 때가 있고 평화스러울 때가 있으며'라고 했습니다.

여러분들은 성경 말씀대로 지금은 준비할 때입니다. 이러한 때를 무시하거나 소홀히 여기고서는 큰 일을 성사한 사람이 이 세상에는 하나도 없다는 사실입니다.

갈라디아서 4장 4절에 '때가 차매 하나님이 그 아들을 보내사 여인에게서 낳게 하시었다'고 했습니다.

천하의 범사에는 다 정한 때가 있다는 것을 재인식해야겠습니다. 또 사람은 때가 차기까지 참고 기다릴 줄 알아야 합니다. 기다린다는 것은 인내를 요하는 것이므로 일종의 고통입니다.

그러나 이 고통을 통해서 만사가 진행되고 이루어진다는 것입니다. 그래서 로마의 한 철학자는 '고통을 모르고서는 누구도 숭고한 인물이 될 수 없다. 고통을 견뎌낼수록 얕고 천한 인격이 차츰 사라지고 사상과 감정과 의지가 순화되고, 고상하고 의연한 자세를 지니게 된다'고 했던 것입니다.

옛 성인은 '백인(百忍)' 즉 백 번 참고 성심성의껏 노력하면 무슨 일이든 원하는 대로 이루어진다고 했습니다.

심은 나무가 성장하여 심은 사람에게 필요하게 되기까지는 최소한 10년 내지 20년 이상 걸림을 우리는 잘 알고 있습니다.

또 농부가 씨를 뿌린 후 150일 이상이 지나야 열매를 거둘 수 있으며, 한 여인이 새 생명을 얻기까지는 280일을 기다려야 하는 것도 잘 알고 있습니다.

기다리는 동안의 심리적 압박과 육체적 괴로움과 정신적 염려는 어떠한 말로도 표현할 수가 없는 것입니다.

구약을 보면 이스라엘 민족은 선지자 이사야로부터 예수를 만나기까지 700년 동안을 기다렸습니다.

주어진 환경에서 최선을 다하고 새로운 희망을 가지고 기다리면 틀림없이 주님께서 주실 것입니다.

'비록 더딜지라도 기다리라. 지체되지 아니하고 정녕 응하리라'고 하신 말씀을 잘 음미해 볼 때 끝까지 기다리는 자가 반드시 하나님의 축복을 받는다는 사실입니다.

모세는 미디안 광야로 쫓겨나서 기약 없는 나날을 믿음으로 참고 기다리다가 40년이 되는 날 호렙산 가시떨기 앞에서 하나님의 음성을 듣고 소명을 받아 60만 대중의 지도자가 되었습니다.

우리 선배들은 36년 동안 나라와 말과 심지어 성씨까지도 **빼앗**기면서 해방을 맞이했고, 이후 배고픔에서 모든 가난을 참고 견디어 오늘을 이루어 놓은 것입니다.

봄에 뿌린 씨가 성장하여 가을에 거둘 수 있는 것을 농부가 기다릴 수 없어 여름에 이 곡식을 거둔다면 이는 죽은 열매가 되어 수확하는 자에게 괴로움만 안겨 줄 것입니다.

여러분들은 다음해 종자로 쓸 수 있는 알곡이 되어 죽은 열매가 아니라 살아 있는 종자로 쓰임받기를 원하실 것입니다.

많은 세계 예언자들이 말한 지구의 멸망이란 것과 최후의 하나님의 심판의 날이 같다면 우리는 지금 어떻게 해야 되겠습니까?

요한계시록 21장 5~7절에 '보좌에 앉으신 이가 가라사대 보라 내가 만물을 새롭게 하노라 하시고, 또 가라사대 이 말은 진실하고 참되니 기록하라 하시고, 또 내게 말씀하시되 이루었도다 나는 알파와 오메가요, 처음과 나중이라 내가 생명수 샘물로 목마른 자에게 값없이 주리니 이기는 자는 이것들을 위업으로 얻으리라'고 했습니다.

한 인간이 이 세상에 태어나서 죽을 때까지는 숱한 고난이 있음을 우리는 알아야 됩니다.

한 사람의 영혼을 구원하기 위해 10년을 기다린 여인과 한 나라의 구원을 목격하기 위해 40년을 기다린 모세와 같이 준비하는 기간에 주님을 영접하시기 바랍니다.

'예술은 길고 인생은 짧다'고 한 말씀을 진리로 믿는다면 알파와 오메가요, 처음과 나중이신 주님을 영접하여 값없이 주시는 새로운 생명수와 생명나무의 실과를 먹을 때를 기다리며, '의인은 그 믿음으로 말미암아 살리라' 한 말씀을 기억하여 모든 일은 때가 있음을 믿고 때를 기다리는 여러분들이 되시기를 기원합니다.

그리스도의 능력

"하나님이 나사렛 예수께서 성령과 능력을 기름 붓듯 하셨으
매 저가 두루 다니시며 착한 일을 행하시고 마귀에게 눌린 모든
자를 고치셨으니 이는 하나님이 함께 하셨음이라."
(사도행전 10 : 38)

성경을 보면 곳곳에 하나님의 영광을 나타내게 하기 위해 그리
스도의 능력이 역사하심을 볼 수 있습니다.

언젠가 각 일간지에 김대건 신부의 동상이 마카오에 제막되었
다는 기사가 실렸었습니다.

그 내용은 한국 최초의 사제인 김대건 신부의 동상 제막식이 그
가 신학을 수학했던 마카오 카몽 공원에서 거행되었다는 것입니
다.

이날 동상 제막식에는 김수환 추기경을 비롯한 성직사 및 평신
도 1백30여 명과 코스타 마카오 총독과 다코스타 마카오 주교 등
이 참석했다고 합니다.

동상 제막식에 앞서 김대건 신부가 마카오 수학 시절에 미사를
올렸던 성 안토니오 성당에서 김수환 추기경 집전으로 특별 미사

가 올려졌었습니다.

김 추기경은 이 미사와 동상 제막식사에서 김대건 신부의 순교 정신을 받들어 모든 기독교인은 인류 복음화에 앞장서야 하며 특히 김대건 신부가 인연을 많이 맺었던 중국 대륙 선교에 힘쓰자고 역설했습니다.

필자는 1983년과 1984년 2차례에 걸쳐서 마카오에 가 볼 기회를 가졌었습니다.

마카오라는 나라는 홍콩에서 고속화 배를 타고 1시간 남짓 가면 도착이 되는 포르투갈령이고 중국 대륙에 붙어 있는 영토인 것입니다.

그곳에는 우리 교포가 몇 사람 살고 있었습니다. 그래서 우리 교포를 통해 김대건 신부께서 공부하셨던 신학교와 성당을 직접 들어가서 자세히 안내를 받았던 일이 있었습니다.

마카오에 사는 사람들이 직접 육로로 중국 본토를 왕래하는 것을 국경선에 근접해서 보니 감회가 깊었습니다.

지금으로부터 150여 년 전에 우리나라에 하나님의 말씀이 들어오면서 이조 500년의 철저한 유교사상과 그 전에 뿌리내린 불교사상에 대항하여 새로운 서구사상인 기독교의 성경 말씀을 전할 때는 생명을 내놓고 믿음의 역사를 이루어 온 피의 발자취였음을 알 수 있었습니다.

그것은 한마디로 투쟁이요 전쟁이었다고 말해도 지나침이 없을 것으로 사료됩니다.

몇 해 전 김수환 추기경을 비롯한 140여 분과 함께 로마 교황 바오로 2세께서 우리나라에 직접 오셔서 성인 추대식을 가진 일이 있었습니다.

기독교 역사를 뒤돌아보면 종교개혁의 선구자 루터에게서 시작된 종교개혁의 폭발이 칼빈시대에 와서 교회현장에 깊숙이 자리잡히면서 꽃이 피고 열매가 맺게 되기까지에는 칼빈의 피나는 고투의 승리라고 말할 수 있습니다.

칼빈과 함께 16년간 지냈던 수제자 베자(Theodore Beza)는 칼빈에 대해 '그를 비방하기는 쉬울지 모르나 모방하기는 어려운 인물'이라고 했으며, 르낭(Ernest Renan)은 '그는 그 시대의 가장 훌륭한 그리스도인이다'고 했습니다.

이와 같이 '한 알의 밀알이 땅에 떨어져 죽으면 많은 열매를 맺고 그대로 있으면 아무 열매를 맺지 못하느니라'는 성경 말씀대로, 칼빈의 피나는 노력으로 부패했던 중세 기독교가 개혁되었던 것입니다.

마태복음 28장 18절에 '예수께서 나아와 일러 가라사대 하늘과 땅의 모든 권세를 내게 주셨으니'라는 말씀을 음미해 보면 무한한 능력이 있음을 볼 수 있습니다.

또 마가복음 8장 25절에 '제자들에게 이르시되 너의 믿음이 어디 있느냐 하시니 저희가 두려워하고 기이히 여겨 서로 말하되 저가 뉘기에 바람과 물도 명하여 순종케 하는고 하더라'는 말씀을 통해서 보면 하나님께서는 초자연적인 능력을 소유한 분이십니다.

또 요한복음 10장 18절에 '이를 내게서 빼앗는 자가 있는 것이 아니라 내가 스스로 버리노라. 나는 버릴 권세도 있고 다시 얻을 권세도 있으니 그 계명은 내 아버지에게서 받았다'는 내용을 보면 하나님께서는 생명을 다스리는 능력을 가지고 계심을 알 수 있습니다.

요한복음 17장 2절에 '아버지께서 아들에게 주신 모든 자에게

영생을 주게 하시려고 만민을 다스리는 권세를 아들에게 주셨다'
는 말씀이 있습니다.

이는 주님께서 영생을 주시는 능력을 가지고 계시면서 만물을
창조하시고 창조자의 뜻에 따라 성장하게 하시고 영생을 허락하시
고 계심을 분명히 확인하는 말입니다.

로마서 1장 4절에 '성결의 영으로는 죽은 자 가운데서 부활하여
능력으로 하나님의 아들로 인정되셨으니 곧 우리 주 예수 그리스
도시니라'는 내용에서 부활하심으로 하나님의 아들임을 확실하게
이 세상에 알리고 하늘나라에 계심을 말해 주고 있습니다.

우리는 앞의 말씀 속에서 예수 그리스도의 능력이 무한하심을
알 수 있습니다. 이 나라가 다른 나라와 전혀 교류가 없었을 때 김
대건 신부를 통해서 단단하게 닫혔던 문을 열었습니다.

하나님의 무한한 능력으로 국제적으로 장님이요 귀머거리인 우
리 조국의 눈을 밝히시고 귀가 들리게 했습니다.

수많은 기독교인들이 희생의 제물이 되었던 사실에서도 우리는
하나님께서 이미 모든 것을 예정하시고 섭리하셨음을 알 수 있습
니다.

마카오에 김대건 신부의 동상이 세워진 것도 인간의 뜻이 아니
라 하나님의 예정된 계획이라면, 하나님의 말씀이 전혀 심어지지
않고 있는 중국 본토에 동방의 나라 대한민국인을 통해서 중국 본
토를 복음화하시려는 계획임을 믿어야 합니다. 그럴 때 우리 기독
교인들은 벅찬 가슴으로 성령의 불길을 더욱 뜨겁게 하여 달려가
야 할 위대한 길이 있음을 원시안적 측면에서 내다보아야 될 것입
니다.

또 칼빈을 통해 그 시대에 알맞은 기독교로 새롭게 접붙여 기독

교를 꽃피우게 했을 뿐 아니라 열매를 맺음으로써 기독교가 이 지구촌에서 번창하게 하신 하나님의 섭리를 한번 생각해 봅시다.

우리 지구촌에는 아직도 하나님의 참 진리를 모르고 죽어가는 영혼들이 너무나도 많습니다. 더구나 우리와 가장 가깝고 비슷한 문화권에 있는 중국 본토를 복음화하는 데 한 알의 죽어지는 밀알이 되는 길을 주님께 간구해야 합니다.

본문 말씀대로 하나님께서 예수님을 통해서 하나님의 능력을 나타내 보이셨습니다. 사탄에게 눌린 자를 고치시어 자유함을 주셨습니다.

하나님의 크신 능력은 여러분을 통해서 분명코 나타날 것입니다. 그리스도의 능력을 힘입어 죽어가는 많은 영혼들을 살려내는 구원의 역사가 이루어지기를 주님의 이름으로 기원합니다.

헤어짐과 만남

"자기 아우 베냐민의 목을 안고 우니 베냐민도 요셉의 목을
안고 우니라."(창세기 45 : 14)

요셉의 역사는 기독교인은 물론 비기독교인에게도 많이 알려졌
고, 특히 어린아이들에게 잘 알려진 이야기입니다.

야곱의 아들이 12명 있었는데 그 중 11번째가 요셉이었습니다.

그런데 형들이 요셉을 애굽에 팔았습니다. 팔려간 요셉은 험한
고생을 하면서도 나중에는 애굽의 총리대신이 되었고, 그 후 꿈에
도 그리던 부모 형제를 만나게 되었다는 이야기입니다.

이 요셉의 역사는 하나님께서 일찍이 예정하시고 요셉을 통해
하나님의 영광을 나타내시려고 섭리하셨던 것입니다.

요셉은 형들의 미움을 사서 애굽의 행상에게 팔려 애굽으로 가
서 종 노릇을 하면서 감옥에 갇혔을 때도 오직 하나님께 기도하며
만사를 긍정적인 사고 속에서 행하고 살았습니다.

그 결과 애굽의 총리대신이 되었고, 풍년과 흉년을 통해 꿈에
그리던 하나님의 예정대로 이루어졌음을 우리들은 알아야 됩니다.

본문 말씀과 동 9절 말씀에 요셉이 기뻐서 형제들에게 말하되 '속히 아버지께로 올라가서 고하기를 아버지의 아들 요셉의 말에 하나님이 나를 애굽 전국주로 세우셨으니 내게로 지체 말고 내려 오사' 하는 내용은 헤어졌던 혈육은 만나야 되고 같이 생존해야 됨이 천륜이고 철칙인 것을 말해 주고 있습니다.

우리나라가 분단된 지 40여 년이 흘렀습니다.

특별히 1985년 9월 21일은 공식적인 회담을 통해 헤어졌던 혈육 상봉이 이루어졌던 역사에 영원히 남을 날입니다.

이념과 사상이 핏줄을 끊어 놓았고, 이로 인해 1,000만 이산가족에게 슬픔을 안겨 주었을 뿐 아니라 6천만 우리 동족에게 큰 죄를 범하고 있는 자가 누구인가를, 그리고 남북적십자사가 주선해서 헤어졌던 가족이 상봉하는 장면을 각종 매스컴을 통해 보고 느꼈을 것입니다.

꿈에도 그리던 혈육들의 상봉 장면을 보고 울지 않은 사람은 없었을 것입니다. 그들 당사자들의 슬픔을 생각하면 가슴이 저려 옴을 느낍니다.

독일의 의사요 작가인 한스카로샤(Hans Carossa)는 '인생은 만남'이라고 했습니다. 그리고 이 만남에는 3가지가 있는데 첫째는 깊은 만남이요, 둘째는 창조적 만남이요, 셋째는 행복한 만남이라고 했습니다.

그리고 철학자 야스퍼스는 '혼과 혼, 마음과 마음, 생명과 생명, 인격과 인격이 서로 포옹하는 깊은 만남을 실존적 만남'이라고 했습니다.

그런데 이러한 천륜의 진리를 어기고 한 인간을 위해 수많은 사람들이 희생당하고 슬픔으로 몸부림쳐야만 하니, 이 어찌 통탄할 일이 아니겠습니까?

혈육의 만남은 철학자들이 말하는 만남보다 그 농도가 짙을 뿐 아니라 헤어질 수 없는 필연입니다. 이를 인위적으로 떼어 놓는다면 하나님께서는 틀림없이 엄한 벌을 내리실 것입니다.

인간은 행복을 추구하고 성취하기 위해 삶을 영위해 가고 있습니다.

그렇다면 혈육상봉 속에서 감격이 있고 정신의 희열이 있고 삶의 보람이 있는 만남을 만들어 주어야 합니다. 그런데 이를 어찌 정치적으로 이용하고 한 사람의 독재자를 위해 희생당해야 되는가 말입니다.

아버지를 만난 충격으로 딸은 몸져누웠고, 기약없이 쓸쓸히 돌아가야만 했던 아버지와의 만남은 만남으로 인해 새로운 비극이 잉태되었으니 너무나 가슴 아픈 일입니다.

만남이 인간의 정신사를 새롭게 하고 생의 차원을 승화시키는 것임에도 불구하고, 남북 이산가족의 만남은 세계사의 진리를 정반대로 역행시키고, 하나님의 진리를 정면으로 위배했다고 볼 수 있습니다.

이 민족이 국난을 당해 부모 형제들이 서로 헤어져야 하는 희생을 치렀던 역사의 아픔이 이제 다시 40여 년 만에 이산의 만남을 초래하는 비극을 낳은 것입니다.

성경에 나오는 요셉과 형제들의 헤어짐과 그 후 흉년을 통해 다시 형제들을 만나게 됨은 처음부터 하나님의 예정이었다고 했습니다. 그처럼 1,000만 가족의 만남도 하나님의 예정으로 되었으면 모든 일이 얼마나 순조로왔을까를 생각해 봅시다.

어머니를 상봉하러 북에 갔던 황준근 목사가 돌아와서 〈조선일

보〉에 쓴 글 중에 일부분을 봅시다.

'예배를 드릴 것인가? 그러면 어머니의 생명이 위태롭지 않을까. 그러나 내가 어머니를 35년 만에 분단의 벽을 뚫고 만나게 된 것은 하나님의 은혜가 아닌가. 그 동안 내가 왜 기도했던가.'

이렇게 기도한 후 분단 40여 년 만에 평양에서 주일날 예배를 드렸다고 합니다.

이 예배가 주님의 예정된 스케줄 대로였다고 믿는다면, 야곱의 아들들이 헤어졌다가 만나고 더욱 번창한 것과 같이 우리 이산가족들에게도 하나님의 축복이 임하여 만남의 기쁨을 맛보고 인생의 행복한 삶이 출발되기를 두 손 모아 주님께 기원합시다.

창세기 45장 8절에 '요셉이 형제들에게 나를 애굽땅으로 보낸 것은 형제들이 아니고 하나님이시라. 하나님이 나로 바로의 아비를 삼으시며 그 온 집의 주를 삼으시며 애굽 온 땅의 취리자를 삼으셨나이다'라는 말씀을 음미해 보면 요셉의 신앙관과 철학이 얼마나 위대한지를 알 수 있습니다.

청소년 여러분들이 주인인 세대에는 분단된 조국도 하나가 되어야겠고 헤어졌던 이산가족도 만나는 영광이 있어야 되겠습니다.

이런 일들을 이루기 위해 여러분들은 요셉과 같은 인생관과 신앙관을 가지고 긍정적인 사고로서 주님을 영접하여 진실로 믿고 기도하는 가운데 응답의 역사를 이루시기 바랍니다.

그리고 우리 다같이 두 손 모아 이 민족이 하나 되기를 기도드립시다.

감사하는 생활

인간이 살아가는 여정은 고개 너머에 또 고개가 있듯이 끊임없이 추구하는 생활입니다. 그래서 하나님께서도 내일 일은 내일 생각하고, 오늘은 오늘 일만 생각하여 주어진 환경 속에서 최선을 다해 살아가라고 하셨습니다.

본문의 말씀을 보면 범사는 모든 상황을 가리키는 것입니다.

하나님께서 우리를 궁극적으로 선으로 인도하실 것을 믿고 어떤 상황에서라도 감사하라는 뜻입니다.

지금은 비록 곤경에 처해 있다 하더라도 그리스도께서 나에게 더 큰 소망과 희망을 주실 것이라 믿고 감사한다면 현실에 불만이 없어지고 모든 것이 새롭게 전개될 것입니다.

성경 역대상 16장 8절에 '너희는 여호와께 감사하며 그 이름을 불러 아뢰며 그 행사를 만민 중에 알게 하라' 했으며, 시편 50편 8절에 '감사로 하나님께 제사를 드리며 지극히 높으신 자에게 네

서원을 갚으며' 했습니다. 그리고 에베소서 5장 20절에 '범사에 우리 주 예수 그리스도의 이름으로 항상 아버지 하나님께 감사하며,' 빌립보서 4장 6절에 '아무것도 염려하지 말고 오직 모든 일에 기도와 간구로 너희 것을 감사함으로 하나님께 아뢰라' 하신 점 등을 볼 때 하나님께서 우리 인간들을 얼마나 사랑하고 계신가를 알 수 있습니다.

인간이 지구의 주인이 되는 것은 '생각' 즉 사고하는 능력이 있기 때문입니다. 생각을 올바로 가지게 될 때 우리는 발전하고 향상하며 행복을 누릴 수 있습니다.

성경 잠언 4장 23절에 '무릇 지킬 만한 것보다 더욱 네 마음을 지키라. 생명의 근원이 이에서 남이니라'고 했습니다.

우리는 눈에 보이지는 않지만 가장 고귀하고 위대한 자원, 즉 '생각'을 하나님께로부터 받았습니다.

그러므로 인간들은 이 생각을 잘 계발하여 어디에서 무엇을 하든지간에 성공적인 삶을 영위해 가야겠습니다.

그러면 우리들의 생각을 어떻게 계발해야 훌륭하게 성장할 수가 있을까요?

첫째, 우리가 모든 일을 처리할 때 긍정적인 생각으로 해결해야 합니다. '긍정적인 생각'이란 희망적인 생각입니다. 그런데 오늘날 대다수의 사람들이 부정적인 생각을 갖고 있습니다.

인간이 경쟁사회에서 성공하기 위해서는 밝은 면보다 어두운 면을 찾고 마음에 절망감을 느끼며 부정적인 말을 합니다.

우리가 마음으로 평화를 느끼면서 행복한 삶을 살기 위해서는 부정적인 행동을 하는 것보다 희망에 찬 생각, 긍정적인 생각을 해야 합니다.

성경에 이스라엘 민족이 가나안 복지에 들어가기까지에는 수많은 험난과 고통이 있었습니다.

모세와 여호와를 통해 부정적인 생각보다는 긍정적인 생각이 일을 성취하는 데 얼마나 중요한 역할을 담당했는가를 보여주셨습니다.

즉 죄의 내용에 대해, 건강에 대해, 축복에 대해, 신념에 대해, 죽음에 대해 긍정적인 생각을 가진다면 희망찬 삶, 승리하는 삶을 살 수 있게 됩니다.

그리스도인들이 모든 측면에서 부정적인 생각을 쫓아내고 긍정적인 생각을 가지고 노력하면 로마서 8장 28절에 '하나님을 사랑하는 자 곧 그 뜻대로 부르심을 입는 자들에게는 모든 것이 협력하여 선을 이루리라'는 말씀대로 목표를 이룰 수 있을 것입니다.

둘째, 적극적인 생각을 가져야 합니다. 적극적인 생각은 '할 수 있다'라는 생각입니다.

마가복음 9장 23절에 '할 수 있거든이 무슨 말이냐 믿는 자에게는 능치 못할 일이 없느니라'고 했습니다.

우리가 목표를 설정하고 계획을 세운 후 실패할 것을 생각지 않고 성공할 것을 신념으로 밀고 나갈 때 하나님께서는 우리를 도와주십니다.

우리들은 살아가는 데 갖가지 시련을 겪어야 합니다. 그러므로 적극적인 사고가 필요한 것입니다.

언제든지 '나는 안 돼', '나는 할 수 없어', '나는 절망이야'라고 생각하면 불평 불만이 쌓이고 만사가 패할 수밖에 없습니다.

셋째, 창조적인 생각을 가져야 합니다.

창조적인 생각을 갖고 있는 개인이나 민족은 발전합니다.

이스라엘 민족이 애굽에서 나와 수르 광야에 이르렀을 때 물을 얻지 못해 곤경에 처한 일이 있었습니다. 그때 사람들은 창조적인 생각은 않고 모세를 원망했습니다.

그러나 모세는 하나님께 기도했습니다. 그 결과 하나님께서 지시하신 나무를 통해 쓴물을 단물로 변화시켜 주신 점을 잘 알고 있을 겁니다.

이와 같이 문제 속에 해답이 있다는 것을 알고 창조적인 생각을 해야 합니다.

성경 야고보서 1장 5절에 '너희 중에 누구든지 지혜가 부족하거든 모든 사람에게 후히 주시고 꾸짖지 아니하시는 하나님께 구하라. 그리하면 주시리라' 했습니다.

하나님께서는 천지를 창조하셨고 기적을 행하시며 이스라엘을 해방시키고 홍해를 가르셨습니다. 이 모든 것을 주신 하나님께 감사드려야 합니다.

우리를 구원하신 하나님께 감사드리고, 우리에게 좋은 생활여건을 허락하신 하나님께 감사드려야 합니다.

현재 우리가 혹 가난하고 실력이 없고 힘들고 고생스럽다고 해도 이디오피아의 굶주림 속에서 신음하는 사람들에 비하면 너무 행복한 사람들입니다.

감사의 신앙은 신앙이 성숙한 자에게 가능합니다.

하나님의 능력과 권능을 믿고 하나님을 나의 '주'로 믿고 섬기는 사람은 어떤 고난이나 환난이 닥쳐와도 실망하지 않습니다. 그 이유는 하나님이 다시 힘 주시고 건져 주실 것을 믿고 범사에 감사하는 생활을 하게 되기 때문입니다.

청소년 여러분께서도 하나님의 뜻대로 범사에 감사하는 신앙인이 되기를 기원합니다.

결실의 영광

> "또 비유를 베풀어 가라사대 천국은 마치 사람이 자기 밭에
> 갖다 심은 겨자씨 한 알 같으니 이는 모든 씨보다 작은 것이로되
> 자란 후에는 나물보다 커서 나무가 되매 공중의 새들이 와서 그
> 가지에 깃들이니라."(마태복음 13 : 31~32)

만사는 언제나 출발이 있으며 출발이 있는 일들은 필히 마지막이 있는 것입니다.

기독교인들은 11월 셋째주 주일을 일년 동안 일해서 얻은 결실로 하나님께 감사하는 마음으로 감사절로 지킵니다.

얼마 남지 않은 한 해를 잘 마무리 짓고 보람 있는 한 해가 되게 하고, 이날을 감사함으로써 새해를 맞이할 준비가 이루어질 수 있다고 믿기 때문에 더욱 의미가 깊다고 볼 수 있습니다.

가장 위대한 것들은 언제나 가장 작은 출발점으로부터 시작되었다는 것이 역사적 사실로 나타나고 있습니다.

그러면 위대한 것을 이루기 위해서는,

첫째로 모든 일을 작은 것에서부터 시작해야 됩니다.

우리나라에서도 흔히 볼 수 있는 담배씨나 양귀비는 굉장히 작

은 씨에 불과합니다.

그런데 겨자씨는 이들에 비교할 수 없을 정도로 작은 것입니다. 새의 깃털보다도 가볍고 좁쌀보다도 작은 크기의 것입니다.

예수께서는 누가복음 16장 10절에서 '지극히 작은 것에 충성된 자는 큰 것에도 충성되고, 지극히 작은 것에 불의한 자는 큰 것에도 불의하다'고 했습니다.

또 마태복음 25장 21절에 '잘 하였도다 착하고 충성된 종아. 네가 작은 일에 충성하였으매 내가 많은 것으로 네게 맡기리니 네 주인의 즐거움에 참여할지라' 했습니다.

위의 말씀들은 어떤 일이나 성공하기 위해서 출발할 때는 작은 것부터 성실히 시작해야 함을 알려주는 내용입니다.

둘째로 악조건에서도 굳굳히 성장하는 것입니다.

예루살렘 근처의 토질은 겨자나무가 자라는 데는 아주 조건이 안 좋다고 합니다. 이 악조건 속에서 겨자나무의 씨앗이 싹이 나서 성장하는 모습을 보면 대단히 아름답다고 합니다.

인간이 살아가는 데는 기쁘고 즐거운 일만 있는 것은 아닙니다. 때로는 고난과 환란과 역경이 밀물처럼 밀려옵니다. 그리고 인간들을 함정으로 몰고 들어갑니다.

신앙생활도 마찬가지입니다. '비 온 뒤에 땅이 더 굳어진다'는 말과 같이 어려운 난관을 거치면서 신앙도 서서히 성장해 가게 되는 것입니다.

그래서 스위스의 교육가 페스탈로치는 '고난과 눈물이 나를 높은 예지로 이끌어 올렸다. 보석과 즐거움은 이것을 이루어 주지 못했을 것이다'고 했던 것입니다.

성경 야고보서 1장 12절에 '시험을 참는 자는 복이 있도다. 이것에 옳다 인정하심을 받은 후에 주께서 자기를 사랑하는 자들에게 약속하신 생명의 면류관을 얻을 것임이라'고 한 말씀을 잘 음미해 보시기 바랍니다.

또 사도바울은 로마서 8장 18절에 '현재의 고난은 장차 우리에게 나타날 영광과 족히 비교할 수가 없다'고 했습니다.

마찬가지로 현재의 어려움이나 진학을 위해 수고하는 모든 것들을 참고 견디어 나아간다면 틀림없이 영광된 앞날이 밝아올 것입니다.

셋째로 결실의 영광을 차지하려면 어떻게 해야 하겠습니까?

먼저 겨자씨가 주는 교훈이 무엇을 의미하는지를 생각해 봅시다.

씨 중에서 가장 작은 겨자씨는 악조건에도 잘 적응하고 견디어 발아하여 자라고, 우리들의 상상을 초월하는 큰 나무로 성장하여 우리에게 많은 기쁨과 즐거움을 주고 있습니다.

그리고 새들이 깃들어 더욱 아름다운 곳으로 새들의 보금자리가 되게 해 줍니다.

하나님께서 사랑하사 인간을 지으셨고 하나님의 뜻대로 성장시키시어 만물의 영장으로 삼으셨습니다. 그렇다면 만물 중의 영장인만큼 무엇인가 다르고 뚜렷하게 구분되도록 위대한 점을 보여주어야 될 것입니다. 인간이 겨자씨보다 못해서야 되겠습니까.

먼저 '나'라는 인간을 한번 돌아봅시다. 1년 농사는 어떻게 지었으며, 무엇을 거두어들이게 되었는가도 생각해 봅시다.

언젠가 사법시험 최종합격자가 발표되었을 때 합격자들 중에서 42세로 합격한 최고령자가 있었습니다.

그의 18전 19기라는 피나는 노력의 결과가 합격의 영광을 안겨 준 것입니다. 42세라는 나이까지 17년간을 한 가지 목표를 향해 달려온 고난은 직접 당한 당사자가 아니고는 아무도 모를 것입니다. 그러나 그 고난을 극복하고 합격할 수 있었던 것은 '나는 해내고 말겠다'는 위대한 정신이 살아 있었기 때문입니다.

또 합격자 중에는 지체 부자유자가 4명이나 들어 있었다는 점입니다.

정상적인 육체를 가진 사람들 틈에 끼여 정신력의 위대한 승리를 보여준 것입니다.

앞으로 결실의 영광인 성공을 위해서는 '초'를 다투어 노력해야 할 것입니다. 무엇보다도 마음의 평안이 가장 중요하므로 모든 것을 하나님께 맡기고 편안한 마음으로 최후의 일초까지 최선을 다하시기 바랍니다.

자신이 세운 목표를 몇십 년이 걸려도 꼭 이루고 말겠다는 집념으로 좌절감을 극복한 최고령 합격자나 신체부자유자라는 악조건 속에서도 '나도 할 수 있다'는 신념으로 사법시험에 합격한 분들은 지극히 작은 일부터 시작했고 작은 일에 충실했기 때문에 크고 위대한 것을 얻을 수 있었다고 봅니다.

나무는 열매를 맺는 것이 목표이자 소원입니다.

인간 역시 누구나 목표를 가지고 있습니다. 이제 자신 앞에 주어진 가장 작은 일부터 충성을 다해 이루어 나가시기 바랍니다.

그리고 누구에게나 어떤 일에든지 어떤 환경에서든지 감시하고 아름다운 결실을 주시는 하나님께 온전히 맡기길 바랍니다.

그러면 닮스러운 결실의 영광이 여러분들에게 반드시 주어질 것이라 믿습니다.

베드로의 그림자

"사도들의 손으로 민간에 표적과 기사가 많이 되매 믿는 사람이 다 마음을 같이하여 솔로몬 행각에 모이고, 그 나머지는 감히 그들과 상종하는 사람이 없으나 백성이 칭송하더라. 믿고 주께로 나오는 자가 더 많으니 남녀의 큰 무리더라. 심지어 병든 사람을 메고 거리에 나가 침대와 요 위에 뉘이고 베드로가 지날 때에 혹 그 그림자라도 뉘게 덮일까 바라고 예루살렘 근읍 허다한 사람들도 모여 병든 사람과 더러운 귀신에게 괴로움 받는 사람을 데리고 와서 다 나음을 얻으니라."(사도행전 5 : 12~16)

위의 성경 말씀을 현대에 맞게끔 새롭게 음미해 봅시다.

첫째, 베드로의 그림자는 감동적입니다.

인간이 인간을 다스리고 추종하게 만드는 것은 지도자 자신의 정신적 측면에서 새로운 힘이 보여지고 이를 본보기로 모범이 될 때 일어나는 현상입니다.

인간에겐 감정 속에서 선을 행하고 모범된 인간상을 따라가는 순리의 원칙이 있습니다.

본문 말씀에서 '표적'과 '기사'라는 말이 나오는데 '표적'은 기적을 행하시는 이가 그리스도라는 영적 의미를 생각케 하고, '기사'

는 기적의 놀라움을 생각케 함을 알 수 있습니다.

이러한 '표적'과 '기사'를 보고서 믿는 사람이 다 마음을 같이했다고 한 점이나 믿고 주께로 나온 자가 더 많다고 한 점, 그리고 베드로가 지나갈 때 그 그림자라도 스쳐 주었으면 하는 것에서 우리는 병을 고치고 싶어하는 간절한 소망이 나타나고 있음을 볼 수 있습니다.

세계적으로 유명한 에디슨이 발명왕이 되기까지에는 그의 어머니의 노력이 컸습니다. 그의 어머니의 감동적 호소가 철없는 에디슨을 깨우쳐서 위대한 발명왕이 되게 한 것입니다.

둘째로 베드로의 그림자는 봉사적입니다.

하나님께서는 필요로 한 사람에게 성령이 역사하게 하시고 능력이 나타나게 하십니다.

봉사하는 자의 정신자세엔 나를 희생시키고 남을 위해 일하는 희생정신이 크게 나타나 봉사의 열매를 맺는 것입니다.

크리소스톰은 '꿀벌이 다른 곤충보다 존경받는 까닭은 부지런하기 때문보다는 남을 위해서 일하기 때문이다'고 했습니다.

우리나라가 일제 치하에서 고통을 받고 있을 때, 나 하나의 목숨을 희생시켜서라도 나라를 건지고 온 국민이 평안히 살 수 있도록 해야 되겠다는 굳은 의지가 바로 3·1운동이었고, 그 당시에 흘린 피의 대가가 오늘에 한국 발전의 밑거름이 되었음을 누구도 부인하지 못할 것입니다.

예수께서 흘리신 피의 대가가 우리들이 생명을 구원하신 것같이 베드로의 봉사의 그림자가 많은 죽어가는 생명을 살리셨음을 성경에서 볼 수 있습니다.

셋째는 베드로의 그림자엔 향기가 있습니다.

꽃에는 향기가 있어 나비나 벌들이 찾아오기 때문에 꽃으로서의 구실을 하고 있는 것입니다.

기독교가 세계적인 종교로 위치하고 있는 점도 그리스도의 향기가 이 세상에 계속 풍기고 있으며 사랑의 손길이 우리들에게 닿기 때문인 것입니다.

베드로는 인간적인 측면에서 어떠한 고통도 참고, 모든 것을 예수님께 초점을 맞추고 희생·봉사했기 때문에 자기도 모르는 사이에 그 몸에서 향기가 나와 많은 생명을 구원한 것입니다.

인간들은 한 해를 맞이할 때마다 새로운 계획을 세우고 큰 소망을 가지고 출발합니다. 그리고 세모에 이르면 한 해 동안 계획했던 일들을 마무리 짓느라고 분주히 움직이는 것을 볼 수 있습니다. 이렇듯 한 해를 돌아보고 자기 자신을 반성하는 것은 바로 자기 발전을 가져오는 디딤돌입니다.

뒤를 돌아보면 자신이 걸어온 길이 있고, 앞을 보면 걸어가야 할 길이 있습니다.

한 인간이 죽음에 이르렀을 때 자기가 인생을 어떻게 살아왔는가를 돌이켜보고 후회 없는 생을 살았다고 만족스럽게 생각하는 사람은 한 사람도 없을 것입니다.

신이 인간을 창조하실 때에는 분명히 뜻이 있어 이 세상에 보냈으므로 인간에게 커다란 기대를 가지고 계십니다.

그렇기 때문에 이 사회에 필요한 인간이 되기를 원하시며, 무엇인가 한 인간이 살아온 흔적, 즉 아름다운 사랑의 발자취를 남기라고 요구하십니다.

그럼에도 불구하고 한평생을 무의미하게 자취 없이 살다 간 사람들이 많이 있음을 우리는 알고 있습니다.

막상 생의 종착역에 도달해서야 '아! 내가 잘못했구나' 하고 후회하는 사람들을 많이 보았을 것입니다.

청소년 여러분들은 준비단계에서 베드로의 그림자의 의미를 깨달아 철저히 준비해야 합니다.

세계적으로 유명했던 사람들의 인물사를 보면, 한 사람의 생의 여정이 결코 순탄하지만은 않았으며 자신의 피나는 노력과 봉사정신과 희생정신이 그들을 유명한 인물로 열매 맺게 했음을 알 수 있습니다.

인생의 준비 과정에 있는 여러분들은 어떠한 그림자를 가지고 살아갈 것이며 어떠한 발자취를 남기기를 원하십니까 ?

청소년 여러분들의 인생 초점을 예수님께 맞추고 그리스도를 찾아 조용히 자신을 정리해 보십시오.

본문 말씀대로 우리가 행한다면 베드로와 같이 새로이 영원한 삶을 얻게 하는 영적 지도자로 성장할 수 있음을 믿고 노력하는 여러분들이 되기를 주님 이름으로 기원합니다.

소망을 갖자

"내 영혼아 네가 어찌하여 낙망하며 어찌하여 내 속에서 불안
하여 하는고. 너는 하나님을 바라라 그 얼굴의 도우심을 인하여
내가 오히려 찬송하리로다."(시편 42 : 5)

기독교에서는 12월 1일부터 그리스도께서 이 세상에 오심을 기
다리는 절기로 대강절을 지키고 있습니다. 기다리는 마음이나 바
라는 마음은 바로 희망이 넘치는 마음인 것입니다.

이 세상에는 2가지 유형의 인간과 삶의 방법이 있다고 볼 수 있
습니다.

하나는 현존하고 있는 것에 만족하는 현재 지향형의 기다림의
인간이요, 다른 하나는 앞으로 올 것을 기다리는 미래 지향형의 기
다림의 인간이라고 할 수 있습니다.

현재 지향형의 인간은 지금의 상황을 그대로 받아들이고 만족
하게 생각하므로 그 시대에 적응하여 안주하려고 하는 사람들입니
다. 이런 인간들은 그 시대적 사명감에 둔해져 자기가 차지하고 있
는 어떤 기득권을 잃어버리지 않을까 두려워서 몸을 도사리는 인

간형이라고 말할 수 있습니다.

또한 그들은 미래가 영원히 지금처럼 있고 변하지 않기를 바라기 때문에 앞으로 어떠한 새로운 변화도 기다리지 않는 것입니다. 그저 세상은 그렇고 그런 것이지 별수 있겠는가라는 생각으로 적당하게 지금의 상태를 만족하게 살아가는 사람들입니다.

즉 고려가 망하고 이조가 건국될 때도 그랬고, 36년 동안의 일제 치하에서도 그러한 사람들이 너무나 많았음을 역사의 흐름 속에서 찾아볼 수 있습니다.

그러나 미래 지향적인 인간은 오늘보다 내일에, 구시대보다 새로운 시대에 희망을 가지고 미래를 기다리며 살아가는 형입니다.

이들은 현실에 당하는 고난과 고통을 잘 참고 극복하여 미래를 바라보면서 새로운 소망을 갖고 살아갑니다.

특히 이들은 아무 특권도 가지고 있지 않기 때문에 더욱 내일을 기다리고 살아가는 것입니다.

기다림이란 인간사회에서는 꿈이요 아름다움입니다.

한 여인이 사랑하는 사람을 기다리고 있는 모습은 참으로 아름다운 꽃송이 같습니다. 그것이 바로 인간의 멋입니다.

추운 겨울철에 봄을 기다리며 추위를 감내하는 만물을 생각해 봅시다.

새 봄이 오면 전력을 다해 활개를 펼치려고들 합니다. 봄을 기다리는 마음 속에는 희망이 있습니다.

기독교 절기인 대강절은 그리스도께서 이 세상에 오심을 기다리는 절기입니다.

성경 요한계시록 22장 20절에 '이것들을 증거하신 이가 가라사대 내가 진실로 속히 오리라 하시거늘, 아멘 주 예수여 오시옵소서'라고 한 점을 새롭게 인식해야 합니다.

그리스도께서 겸손히 강림하신 것처럼 마음을 비우고 자신을 낮추는 겸손한 삶을 살아야겠습니다.

한 해 동안 허세 속에서 살았던 마음이나 자기를 내세우려 했던 마음들을 버리고 그리스도를 영접하고 모셔야 합니다.

그리스도께서 오염된 사회에 정화의 씨를 뿌린 것처럼 이 땅에 정의를 실현하여 그리스도께서 오실 때 '착하고 충성된 종아'라고 칭찬받을 수 있는 사람들이 되어야겠습니다.

그리스도께서 강림하셔서 악한 자와 병든 자와 억울한 자, 가난한 자에게 특별히 관심을 가지고 그들이 균형 있게 살아가도록 도와 주실 것을 믿고 기다린다면 이 기다림이야말로 얼마나 큰 희망이고 기쁨이겠습니까?

망부석이 된 한 여인의 꿈과 희망을 생각해 봅시다.

그녀는 사랑하는 남편이 틀림없이 죽지 않고 돌아올 것이라는 기대와 희망 속에서 망부석이 된 것입니다.

본문 말씀대로 '어찌하여 낙망하며 불안하게 생각하는고. 모든 것을 다 주님께 맡기고 하나님을 바라라' 하신 말씀 속에서 새로운 활력소를 얻어야겠습니다.

기다림 속에서 과감히 버릴 것은 버리고 용서할 것은 용서해 주어야 합니다. 그리고 좁은 마음을 가진 인간이지만 넓은 마음으로 오신 그리스도를 기억하며 살아가야 되겠습니다.

기다리면서 여러분 자신들이 무엇을 어떻게 해야 하나님의 봉사정신을 실천할 수 있을까를 깊이 묵상해야 합니다.

봉사란 미워하는 마음으로는 결코 이루어질 수가 없습니다. 봉사는 그리스도께서 보여주신 사랑에 대해 기쁨으로 표현되는 희생의 행위인 것입니다.

그리스도께서 강림하셔서 화해의 성업을 성취하신 것처럼 반목과 질시를 버리고 용서와 사랑으로 살아가야겠습니다.

이 실천이 '나'라는 개체에서 시작하여 우리 가정, 우리 교회, 우리 사회, 나아가 나라 전체에까지 확산되어 간다면 우리 인간들이 걱정하고 있는 경제전쟁이나 두뇌전쟁, 핵전쟁 같은 것들이 평화와 사랑의 열정으로 서서히 녹아내릴 것을 믿습니다.

하나님을 바라보며 우리를 도우시는 하나님께 참기쁨과 감사의 찬송을 올려 보냅시다.

하나 되게 하소서

"아버지께서 내 안에 내가 아버지 안에 있는 것같이 저희도 다 하나가 되어 우리 안에 있게 하사 세상으로 아버지께서 나를 보내신 것을 믿게 하옵소서.
내게 주신 영광을 내가 저희에게 주었사오니 이는 우리가 하나가 된 것같이 저희도 하나가 되게 하려 함이나이다."
(요한복음 17 : 21~22)

요한복음 17장은 '대제사장의 기도'라고 불려지고 있습니다.

예수님께서 성부이신 하나님께 자신과 제자와 교회를 위해 자신의 몸을 속죄의 제물로 드려 '단번에 온전한' 속죄사를 드렸기 때문에 '영원한 대제사장의 기도'라고 일컬어지고 있는 것입니다.

마틴 루터는 이 기도를 '울리는 소리는 단순하지만 그러나 그 깊이와 넓이의 풍성함을 측량할 수 없다'고 말했습니다.

하나님께서 창세기 2장 24절에서 '이러므로 남자가 부모를 떠나 그 아내와 연합하여 둘이 한 몸을 이룰지로다'라고 하시며, 세상을 창조하시고 인간이 하나가 되어 사는 모습을 보고 심히 기뻐하셨습니다. 그러나 죄악을 범한 인간은 하나님과 나누어지게 되고 말았습니다.

하나님께서는 하나 되는 아름다움을 회복시키기 위해 독생자 예수 그리스도를 보내시고 죽게 함으로써 나누어진 사이에 십자가로 다리를 만드시고 친히 우리 인간과 하나가 되어 주셨습니다.

인간은 홀로 살 수 없는 존재입니다. 혼자 살아서는 안 되는 불완전한 존재이므로 더불어 함께 살아야 행복한 삶을 영위할 수 있는 존재입니다.

그래서 파스칼은 '인간은 자연 가운데서도 가장 연약한 한 줄기 갈대에 지나지 않는다. 그러나 인간은 생각하는 갈대'다라고 했던 것입니다.

한국교회 2세기를 맞는 우리들은 복음 전파의 막중한 사명을 감당해야 합니다. 이 사명을 감당하려면 우리는 꼭 하나가 되어야 합니다.

그러면 어떻게 하나가 되어야 할까요?

하나님의 사랑으로 하나가 되어야 합니다. 인간의 조건으로 서로 하나가 될 수도 있겠지만 그것은 불완전합니다.

하나님의 사랑은 넓고 깊고 높아서 측량할 수 없을 정도입니다. 이 온전한 사랑만이 마귀를 통해 찢어지고 나누어진 우리의 심령과 마음을 하나 되게 할 수 있습니다.

여기에 중요한 것이 있습니다. 그것은 바로 '나 자신'의 문제입니다. 나 자신이 하나가 되었는가입니다.

교회에 가면 천사가 되고, 자신의 삶의 영역에 있을 때는 악마로 변하는 나, 웃고 화내고 확신에 찬 결단, 주님을 버린 삶의 모습, 이러한 나를 어떻게 하나라고 말할 수 있겠습니까?

여기에 우리를 위로해 주는 자신의 이중성을 폭로한 말씀이 있습니다.

사도 바울은 로마서 7장 22~25절에서 '속사람과 겉사람의 법'을 비유하며 자신의 이중성을 말했습니다.

바울 선생 같은 이도 이런 고민을 했는데 우리가 어찌 이 문제로 고민하지 않을 수 있겠습니까.

어떻게 하면 나의 신앙이 일관성 있고, 언행이 일치되며 온전한 인격을 소유할 수 있을까요?

바로 여기에 하나님의 계속적인 돌보심과 한없는 은총이 필요한 것입니다.

학교와 교회와 민족이 하나가 되려면 내가 하나가 되어야 합니다. 내가 하나가 된다는 것은 내가 올바른 사람이 된다는 것이고, 내가 올바른 사람이 된다는 것은 예수 안에서 '고집쟁이인 나, 죄짓는 나, 못된 나, 오염된 나'를 주님이 원하는 의롭고 성결한 삶으로 건져내는 승리자가 되어야 한다는 것입니다.

즉 잘못된 자신의 모든 모습이 죽고 새로운 존재인 나로 거듭나는 것을 의미합니다.

바울은 '날마다 죽노라'고 했습니다. 자아 통일을 위해 매일 매일을 온전히 주님께서 주관하시도록 자신을 드린다는 말씀입니다.

자신을 통일한 사람은 하나님의 사랑 안에서 이웃과 민족과 세계와 하나 될 수 있을 것입니다.

둘째로 하나가 되기 위해서는 '대화'해야 합니다.

'만남'을 통해서 '대화'가 이루어질 때 하나가 될 수 있습니다. 그 중에서 가장 중요한 것은 사랑으로 주고받는 대화입니다.

많은 사람들이 대화를 나누어야 합니다. 국가와 국민이 대화를 나누어야 하고, 부모와 자녀가, 스승과 제자가, 특히 남한과 북한이 대화를 나누어야 합니다.

대화가 있어야만 문제점을 발견하게 되고 그래야만 얽히고 설킨 문제를 해결할 수 있는 것입니다.

대화는 서로간에 사랑을 가지고 상대방의 단점들을 수용하고자 할 때 가능해집니다. 이 대화를 통해 불신의 장벽은 깨어지고 온전한 통일을 이루게 됩니다.

이 모든 일이 우리 스스로만으로는 불가능합니다. 그리스도를 마음에 영접할 때 가능해집니다.

우리의 마음 속에 그리스도를 진심으로 모실 때 염원인 민족통일은 물론 우리를 하나 되게 해 주실 것입니다.

이렇게 나 자신이 인격적으로 그리스도 안에서 하나가 되면 부모와 자녀, 형제와 자매, 교회와 민족도 하나가 된다는 것을 알아야 합니다.

우리 민족 한 사람 한 사람이 하나님의 사랑으로 하나가 될 때 분단의 역사, 나누어지는 비극이 멀리 사라지게 될 것입니다.

지금 세계는 강대국은 강대국끼리 긴장과 반목으로 서로 맞서고 있고 약소국은 약소국대로 서로의 단점을 찾기에 혈안이 되어 있습니다.

역사의 주인은 하나님이십니다. 하나님께서 끊임없이 우리 민족을 사랑하셔서 세계 선교의 새로운 장을 계획하시기 위해 남북통일을 주시고 상상을 뛰어넘는 축복도 주실 것입니다.

이제 우리는 더 이상 분열해서는 안됩니다. 오직 하나님께서 하나 되게 하셔야만 하나가 될 수 있다는 절대성을 겸손히 고백해야 합니다.

자기 자신에게는 연민과 용서에 인색치 않으면서 이웃의 잘못과 허물은 물어뜯고 덧붙이는 자신의 잘못을 온전히 내어놓고 우리를 하나 되게 하시는 하나님께 말씀드리십시오.

하나님과 대화를 계속할 때 분명코 하나 되게 될 것입니다. 모두 주님께 매순간마다 기도드립시다.

'주여! 우리를 하나로 묶어 주소서. 언제나 우리가 하나임을 느끼고 감격하게 하소서. 하나 된 우리가 계속 통일을 향해 나아가게 하시어 하나님을 영화롭게 하는 삶을 살게 하옵소서!'라고 말입니다.

이웃과 함께 하는 마음

"선생님이여 율법 중에 어느 계명이 크나이까.
예수께서 가라사대 네 마음을 다하고 목숨을 다하고 뜻을 다
하여 주 너의 하나님을 사랑하라 하셨으니 이것이 크고 첫째 되
는 계명이요, 둘째는 그와 같으니 네 이웃을 네 몸과 같이 사랑
하라 하셨으니 이 두 계명이 온 율법과 선지자의 강령이니라."
(마태복음 22 : 36~40)

크리스마스 캐롤이 마치 축제처럼 거리마다 울려 퍼지는 요즈
음, 한 번 죽으심으로 죽음이라는 율법을 끝내려고 오신 예수님의
성탄을 들뜬 기분으로 기쁨으로만 표현하는 우리 인간들의 부족함
을 보게 합니다.

이렇듯 우리는 그리스도께 고난보다는 기쁨을 더욱 원합니다.

우리의 기도 자세를 보아도 어떠한 것을 '이루게 하여 주소서'
등 바라는 것은 요구해도 우리가 주님께 해 드릴 것, 나아가 우리
의 이웃에 베풀 것에 관한 간구를 한 적은 드문 것을 보게 됩니다.

앞의 말씀 중에 둘째 계명으로 '네 이웃을 네 몸같이 사랑하라'
했습니다.

우리는 과연 우리의 이웃 사랑을 어떻게 실천해야 될까요?

매년 12월이 오면 세모의 정을 알리는 구세군의 자선냄비가 거리에 등장합니다.

연말을 맞아 거리에 바쁜 걸음이 오가고 무엇을 찾아 달려가는 사람들인지 구세군의 종소리를 들었는지 못 들었는지 무감각적으로 바쁘게만 움직이고 있음을 볼 수 있습니다.

이 종소리가 인간이 자신들의 삶 하나도 제대로 가누지 못하고 허둥지둥 바쁘게 살아가는 자들에게 잠든 온정이나마 깨우치게 해 준 것은 무척 다행스런 일입니다.

본문 말씀에 주님의 명령을 생각해 볼 때 일년 내내 이웃과 함께 마음을 나누지 못하고 이웃에 대해 정을 쏟지 못했던 자신이 부끄럽고 죄스러움을 느끼게 됩니다.

그가 가난하든지 부자이든지 동족이든지 외국인이든지 이웃을 생각하고 사랑하는 마음을 가지고 행하는 것은 우리 자신들이 그리스도 안에 있다는 것을 보여주는 좋은 증거가 되는 것입니다.

그러나 과연 무감각한 우리들이 그리스도께 속해 있으며 하나님을 아는 자요, 하나님을 사랑하는 자라고 장담할 수 있을까요?

누가복음 10장 30절에 '한 율법사가 예수께 여쭈오니 내 이웃이 누구이오니까'라고 물으니 예수께서 대답하시되, 어떤 사람이 예루살렘에서 여리고로 내려가다가 강도를 만나 강도들이 옷을 벗기고 때려 거반 죽게 한 후 버리고 갔다.

이때 한 제사장이 그 길을 내려가다가 그를 보고 피하여 지났고, 다음 한 레위인이 그곳을 지나다가 그를 보고 피하여 지나갔고, 세번째 한 사마리아인은 여행하는 중 거기에 이르러 그를 보고 불쌍히 여겨 가까이 가서 기름과 포도주를 상처에 붓고 싸매고 자기 짐승에 태워 주막으로 데리고 가 돌보아주고 주막 주인에게 돈을 주며 잘 부탁하면서 앞으로 이 사람으로 인해서 돈이 더 필요하면 내가 또 갚으리라 하였다 하시면서 네 의견은 이 세 사람 중 누가 강도를 만난 자의 이웃이겠는가 하시니 율법사가 자비를 베푼 자입니다 하니, 예수께서 이르시되 너도 가서 그렇게 행하라 하신 이웃 사랑의 지침을 내리신 것을 우리들은 알아야 합니다.

지금 지구촌에는 엄청난 사건들이 예고없이 밀물처럼 밀려오고 있습니다.

월남의 난민들, 이디오피아의 굶주린 사람들, 멕시코의 지진사건 및 콜롬비아의 화산폭발로 생긴 이재민들 등 이들을 보고 선한 사마리아인이 얼마나 있는지 한 해를 보내면서 우리 다같이 생각해 봅시다.

그리스도는 천재지변으로 인한 굶주림, 육체적 고통, 정신적 불안과 피신, 그리고 슬픔과 아픔은 바로 내 아픔이요 내 고통이 되어야 한다고 말씀하십니다.

충북 음성군에서 있었던 아름다운 이야기 하나가 생각납니다. 뜻이 있는 한 기독교인의 정신으로 꽃동네라는 조직을 만들고, 6만 회원들이 매월 천 원씩 헌금을 하여 이천만 원이라는 거액을 콜롬비아 화산폭발로 생긴 이재민들에게 보내 주었다고 합니다.

이런 일들은 분명히 사마리아인의 행실을 본받은 이웃 사랑의 실천이라고 말할 수 있습니다.

우리는 왜 이웃을 사랑해야 할까요?

첫째로 그리스도의 명령이기 때문입니다.

예수님은 하나님을 사랑하라고 말씀하시고 나서 곧이어 사람을 사랑하라고 명령하셨습니다.

로마서 13장 8절에 '피차 사랑의 빚 외에는 아무에게든지 아무 빚도 지지 말라. 남을 사랑하는 자는 율법을 다 이루었느니라' 하신 대로 하나님에 대한 사랑을 기반으로 해서 마땅히 그 열매로 사람을 사랑해야 한다는 것입니다.

이 말씀 속에는 사랑에 대한 무한한 책임을 지고 꾸준히 이를 실천하면서 열매를 맺어 가야 된다는 뜻을 포함하고 있습니다.

둘째로 그는 하나님의 형상대로 지음을 받은 하나님의 형상이기 때문입니다.

하나님의 형상대로, 즉 하나님의 성품대로 인간을 창조하셨기 때문에 하나님은 인간을 사랑하십니다.

그러므로 우리들은 사람을 사랑하고 사람을 귀하게 여겨야 할 책임이 있을 뿐 아니라 필히 행해야 할 명령입니다.

그러나 작금의 사회가 산업사회로 발전되면서 인간의 존엄성이 서서히 퇴색되어 감을 느낄 수 있는데 여러분은 하나님의 형상대로 지음받았음을 명심하시고 사랑을 실천해야 합니다.

셋째로 그리스도께서 인간을 위해 죽으셨기 때문입니다.

우리가 그리스도의 본을 받아 우리 이웃을 도우며 사랑하게 될 때 우리는 예수님의 사랑을 체험할 수가 있습니다.

온 인류가 힘을 합쳐 사랑을 실천할 때 무역전쟁도 사라지며 핵전쟁의 위기도, 우리들 주변에 도사리고 있는 온갖 긴장이 완화되면서 불신도 해소될 것입니다.

우리나라 속담에 '등잔 밑이 어둡다'는 말이 있습니다. 이웃 사랑을 멀리서 크게 찾으려 하지 말고 가까운 데서 작은 것부터 실천하시기 바랍니다.

언제부터인지는 몰라도 이 사회에 서로 믿지 못하는 풍조가 생기고 유언비어가 범람하고 있는데 그것 역시 사랑을 올바로 실천하지 못한 데서 생긴 것입니다.

'네 이웃을 네 몸같이 사랑하라'는 그리스도의 명령을 진실하게 실천할 때 불신사회도 사라질 것입니다.

세모에 물질을 가지고 고아원이나 양로원, 교도소 등을 방문하고 위로하는 것도 중요하지만, 그보다 더 중요한 것은 우리 4,000만 국민 한 사람 한 사람의 마음 속에 진정 사랑을 나눌 수 있는 사랑의 실천운동이 전개되어 진정으로 이웃과 마음을 함께 하는 것이라 생각됩니다.

내 마음 깊은 곳에서 들리는 은밀한 소리

1판 인쇄 · 1997년 5월 15일
1판 1쇄 발행 · 1997년 5월 20일
지은이 · 김장원
펴낸이 · 임종대/펴낸곳 · 미래문화사
등록번호 · 제3-44호/등록일자 · 1976년 10월 19일
주소 · 서울시 용산구 효창동 5-421 ㉤ 140-120
전화 · 715-4507 / 713-6647/팩시밀리 · 713 4805
값 · 6,000원
· ISBN 89-7299-138-4 03810
ⓒ 1997, 미래문화사

· 잘못 만들어진 책은 바꾸어 드립니다.
· 저자와의 협의하에 인지는 생략합니다.